Rendez-vous à Lamotte !

Les auteurs

Il y a un peu plus de vingt ans, **Geneviève Lecourtier** et **Christine Féret-Fleury** rêvaient toutes les deux d'écrire et de vivre entourées de chevaux. Depuis, Geneviève a créé son centre équestre en Provence, et Christine, après avoir travaillé dans l'édition, est devenue écrivain. Mais il leur restait un rêve à réaliser : elles ont donc décidé de conjuguer leurs talents pour faire partager aux jeunes lecteurs leur passion commune pour l'équitation.

Christine Féret-Fleury
Geneviève Lecourtier

En Selle!

Rendez-vous à Lamotte !

POCKET
jeunesse

Loi n° 49 956 du 16 juillet 1949 sur les publications destinées
à la jeunesse : janvier 2010

ISBN : 978-2-266-20460-6

Pour tous ceux qui nous ont aidées à créer et à faire vivre le club hippique Sainte-Victoire, et pour ceux qui continueront l'aventure.

1

— Cette fois, je connais le parcours par cœur ! Il y a un tournant de folie avant le 9…

Luc s'est laissé tomber sur l'herbe, à côté de moi, et m'a chatouillé la joue avec une tige de folle avoine.

— Tu ne devrais pas t'encombrer le cerveau avec ça, a dit Victoire, qui tressait la crinière inégale de Chaoan et alignait des « pions » impeccables. Ce n'est pas notre épreuve.

— Victoire a raison, a renchéri Jessica en bâillant. Ils vont sûrement changer la disposition des obstacles. Tu viens de passer une demi-heure à compter les foulées à l'abord de ton oxer piège et à comparer les fautes des concurrents, mais si ça se trouve, il sera à l'autre bout de la carrière quand ton tour viendra ! Attends la reconnaissance du parcours, tu pourras poser à Hélène toutes les questions qui te travaillent !

Mais Luc ne l'écoutait pas.

— Tu viens prendre un café, Alix ? m'a-t-il lancé en bondissant sur ses pieds. J'ai besoin de me réveiller !

— Je ne vois pas comment tu pourrais être plus réveillé, a rétorqué Léa, ma meilleure amie. Tu sautes partout comme une puce !

— Et tu ferais mieux de t'occuper de ton cheval... Il n'est pas attaché correctement et risque de se faire une prise de longe[1].

Hélène, ma mère – la monitrice du club des Garrigues – avait son visage des mauvais jours. Elle avait travaillé dur pendant toute la saison de concours et ne supportait pas que ses cavaliers négligent le bien-être de leurs chevaux.

— Sans eux, pas de championnat ! nous répétait-elle. Ne l'oubliez pas, et ne les traitez pas comme des bicyclettes !

Le club des Garrigues allait participer pour la première fois au championnat de France des clubs à Lamotte-Beuvron,

---

1. Blessure provoquée par la longe d'attache.

en Sologne – *le* grand rassemblement de l'année ! J'étais déjà qualifiée pour le saut d'obstacles et le dressage, et j'assistais au concours en touriste. Je réservais mes forces pour un autre défi : perfectionner ma reprise libre en musique[1], avec Mékong, mon poulain. Léa et Jessica, les deux sœurs, elles aussi déjà sélectionnées en Club 1, concouraient pour le plaisir, ainsi qu'Agathe, nouvelle dans l'équipe[2].

Nous avions tendu une corde entre les arbres pour installer les chevaux à l'abri du soleil, et, entre deux parcours, nous profitions de l'ombre fraîche. Le club qui nous accueillait pour ce dernier rendez-vous de la saison était situé au pied de la Sainte-Baume, une montagne provençale aride et superbe que nous avions souvent sillonnée à cheval. Un vent léger adoucissait la chaleur de juin ; la plupart des cavaliers semblaient détendus, ils n'étaient là que pour parfaire leur entraînement. Seuls Luc et

---

1. RLM pour abréger : reprise comportant des figures imposées dont l'enchaînement est libre, et accompagnée d'une musique choisie par le cavalier.

2. Voir *En Selle !* t. 22, *Jeu de rôles*.

Victoire devaient, ce jour-là, se classer dans le premier quart des partants de leur épreuve pour confirmer leur sélection et pouvoir participer au championnat.

Victoire, la petite Victoire, la protégée de Jessica[1]... Elle avait tellement changé que j'avais eu, à la rentrée, du mal à la reconnaître : la fillette frêle et capricieuse paraissait, à douze ans, plus vieille que son âge. Elle avait consacré toute son énergie à progresser à l'obstacle et y avait si bien réussi qu'elle raflait presque à tout coup la première place !

Son poney s'étant blessé en milieu de saison, elle avait dû repartir de zéro pour se qualifier dans la série « chevaux ». Il ne lui manquait plus qu'un bon classement, et je devinais, à son calme affiché et au pli décidé de ses lèvres, qu'elle l'obtiendrait. Victoire était têtue comme une mule et dotée d'un tempérament de vainqueur – elle portait bien son prénom !

Pour Luc, c'était différent. Il aurait dû se qualifier sans mal en Club 2, mais il avait souvent tenté sur les barrages des options difficiles, voire impossibles, qui lui avaient

---

1. Voir *En Selle !* t. 14, *Volte-face*.

valu l'élimination une fois sur deux. Cette témérité ne lui ressemblait pas. Lui aussi avait beaucoup changé : il se montrait impatient, parfois irritable, et ne tenait pas en place. Alors qu'il n'avait jamais vraiment aimé la compétition, il ne supportait plus d'être mal classé, au point de bouder pendant plusieurs jours. Son attitude me gâchait un peu mon plaisir, et j'avais hâte que le mois de juillet se termine. Après les championnats, je retrouverais peut-être le Luc que j'aimais, celui qui pouvait rester des heures à observer une aire d'aigles royaux pour prendre une seule bonne photo, ou à paresser au soleil avec un livre... J'espérais qu'il décrocherait sa qualification ce jour-là, histoire de profiter avec nous de notre semaine en Sologne.

Le parcours de Club 2 ne présentait pas de difficulté particulière. Pas d'obstacle directionnel, ni de rivière, pas de virages trop serrés. Léa et Jessica, qui ne voulaient pas fatiguer leurs chevaux, visaient le sans-faute, et ont rempli leur contrat. Agathe a fait une barre sur le dernier obstacle : quatre points de pénalité. Victoire a tenté plusieurs options, avec succès, et pris la troisième place du classement provisoire.

— Tu es rassuré ? ai-je demandé à Luc quand il est sorti du paddock de détente. C'est dans la poche !

— Je n'y arriverai pas, a-t-il marmonné. Je ne le sens pas bien, ce parcours.

Il se massait les côtes et semblait avoir du mal à respirer.

— Tao est un champion, ai-je répliqué d'un ton volontairement léger. Ne prends pas de risques, et tout ira bien. Tu vas te qualifier !

— Je ne le sens pas, a-t-il répété. En ce moment, j'ai l'impression de tout faire de travers.

— Mais moi, je n'irai pas à Lamotte sans toi ! Alors, fais un effort !

Le concurrent précédent revenait au trot vers la barrière : Luc s'est dirigé vers la tribune du jury pour se présenter.

« Pour le club hippique des Garrigues… Tao, sous la selle de Luc Marchal ! »

La cloche a sonné. Comme convenu, Luc a fait une volte au galop avant de prendre le départ (ma mère insistait toujours sur ce point, un cercle pour cadencer le cheval, s'assurer qu'il répondait bien à la pression des jambes) puis une deuxième.

Comme il entamait sa troisième volte, maman a crié :

— Luc, le numéro 1 est en face de toi ! Vas-y !

— Vas-y, Luc ! ont repris en chœur Jessica, Victoire, Léa et Agathe.

Luc s'est enfin décidé à passer la ligne. Il était temps, car la cloche indiquant que le concurrent a dépassé le délai imparti pour prendre le départ allait sonner. Le premier obstacle était un vertical peu voyant ; Tao l'a franchi avec aisance. Il galopait calmement vers le numéro 2 quand Luc a tiré avec brutalité sur les rênes. Le cheval, surpris, a fait un petit saut de côté avant de s'immobiliser. Luc a glissé avec lenteur le long de son encolure et s'est affalé sur le sable, les bras en croix.

— Luc !

Je me suis baissée pour passer sous la barrière. Le chef de piste accourait. Tao, les rênes pendantes, restait immobile, comme étonné de se retrouver sans cavalier.

— Luc ! Ça va ? Réponds-moi !

— Il a perdu connaissance, a dit une voix – celle de ma mère, qui m'avait suivie. Ne le touche pas, cela vaut mieux. Léa, occupe-toi de Tao, s'il te plaît. Ramène-le au camion.

Une voix déformée par le haut-parleur a demandé un médecin. Au bord de la nausée, je me suis relevée et j'ai fait quelques pas, trébuchant dans le sable labouré par des centaines de sabots.

« Je n'irai pas à Lamotte sans toi »... Quelle idiote, quelle égoïste ! Luc ne se sentait pas bien avant d'entrer en piste, et moi, je n'avais rien trouvé de mieux à faire que de le pousser à prendre le départ !

Le soleil brillait. Les chevaux, dans la carrière de détente, galopaient à longues foulées souples. Le rire d'une petite fille a fusé, clair, joyeux.

Une journée de fête.

Qui venait, pour moi, de se transformer en cauchemar.

2

— Alix ?

Victoire me tirait par la manche.

— Ne pleure pas… Il a repris connaissance. Regarde…

Je me suis retournée. Luc, entouré de quatre pompiers, tendait son bras au médecin.

— Le rythme cardiaque et la tension sont normaux, a déclaré celui-ci en roulant son tensiomètre. Nous allons le transporter en civière jusqu'à la tente, car j'aimerais le garder en observation un petit moment.

— Mais je vais bien, a protesté mon ami. Je peux me lever !

— Pas question. Tu vas te reposer au calme.

— Mais… et mon deuxième parcours ? Je passe dans vingt minutes, il faut que je…

Comme Luc s'agitait, le médecin a posé une main sur son épaule.

— Il y a cent trente partants dans cette épreuve. Si tout est OK dans une demi-heure, j'irai voir le jury et je leur demanderai de te laisser passer en dernier. Tu auras largement le temps de préparer ton cheval et de le détendre.

— Ce n'est peut-être pas très prudent, a glissé ma mère.

— Le championnat…

— Tu y participeras l'année prochaine… Quelle importance ?

— Je veux y aller cette année ! s'est énervé Luc.

— Du calme, a conseillé le médecin. De toute façon, c'est moi qui donnerai le feu vert… ou pas. Allez, je t'emmène.

Agathe avait dessellé Tao et lui avait donné une petite ration de granulés. Pendant ce temps, Léa et Jessica déballaient le pique-nique. Elles avaient apporté un gros panier contenant les ingrédients nécessaires à la confection de toutes sortes de sandwiches : tomates, thon, jambon, salade, saucisson, fromage… Des bouteilles de jus de fruits et des sodas attendaient dans la glacière.

— Qui veut un saucisson-fromage-cornichons ? a lancé Jessica en brandissant son couteau déplié.

Je n'avais aucun appétit. Ma mère m'ayant interdit de faire les cent pas devant la tente des pompiers, je tournais autour des chevaux, vérifiant inutilement l'attache de leurs longes, remontant les filets à foin, leur présentant un seau d'eau. Comme je passais pour la dixième fois devant la petite table de camping sur laquelle s'étalaient les victuailles, Léa m'a barré le passage.

— Stop ! Tu viens t'asseoir et tu manges ce jambon-beurre, sinon c'est toi qui vas tomber dans les pommes… et je n'ai aucune envie de jouer les infirmières !

— Arrête de stresser ! Si le médecin avait pensé que c'était grave, il aurait expédié Luc aux urgences, a lancé Agathe.

— Il a peut-être sauté le petit déjeuner, a suggéré ma mère. Vous ne m'écoutez jamais quand je vous dis qu'il faut absorber des sucres lents avant une compétition…

Je me suis laissée tomber sur un siège pliant.

— C’est ma faute, ai-je gémi. J’ai vu qu’il n’allait pas bien, et je l’ai quand même poussé à entrer sur le terrain !

— Tu n’es pas sa mère, a objecté Jessica.

— Ni sa monitrice, a ajouté ma mère. C’était à moi de lui interdire de prendre le départ. Mais il a fait une détente tout à fait normale...

Sans enthousiasme, j’ai grignoté mon sandwich. Mes regards revenaient sans cesse vers la tente, mais les pans de toile beige qui en fermaient l’entrée restaient immobiles. Enfin, alors que les autres cavaliers commençaient à seller leurs chevaux, l’un d’eux s’est soulevé.

— Luc !

Courant vers lui, j’ai agrippé son bras.

— Tu vas bien ?

Il m’a souri et s’est dégagé.

— En pleine forme ! Je vais pouvoir faire mon deuxième parcours.

— Est-ce prudent ? a interrogé ma mère en se tournant vers le médecin.

— Rien ne s’y oppose, a-t-il répondu. Luc a avalé une assiette de pâtes, il s’est hydraté, sa tension et son pouls sont normaux... et il a promis de déclarer forfait au moindre vertige. L’enjeu en vaut la peine puisque c'est sa dernière chance de se qualifier ! En fait, a-t-il conclu en tapotant l'épaule de mon ami, je pense que ce jeune homme est une victime du stress... Il faudra travailler là-dessus !

— Promis, a dit Luc, visiblement soulagé.

Une dizaine de concurrents occupaient encore le paddock. Je me suis postée dans l'angle de la barrière, d'où je pouvais voir à la fois la carrière de détente et le parcours. Les minutes passaient avec une lenteur insupportable.

Enfin, Luc a commencé sa détente. Pour son deuxième parcours, il montait Loba, une jument rouanne au caractère paisible, qui pouvait convenir aussi bien à un débutant qu'à un cavalier confirmé. Après avoir trotté en cercle, puis galopé aux deux mains, il a passé un petit vertical, puis un oxer. Je l'observais avec anxiété : n'était-il pas encore un peu pâle ? Pourquoi portait-il une main à son front ? Souffrait-il d'un début de migraine ? Non, il repoussait une mèche de cheveux sous son casque...

— Au pas, rênes longues... Laisse-la souffler. Tu sauteras un dernier obstacle deux minutes avant de passer.

Ma mère s'est approchée de Luc et a vérifié la sangle de sa selle.

— Pas de vertiges ? a-t-elle demandé à mi-voix.

Luc a secoué la tête. Il était passé à plusieurs reprises devant moi, mais ne m'avait pas accordé un regard. J'aurais apprécié un signe, un clin d'œil, n'importe quoi… J'étais inquiète, il le savait. Pourquoi m'ignorer ainsi ?

« Numéro 97, deux chevaux devant vous. »

Ma mère a monté la barre de l'oxer et a fait signe à Luc. Deux passages, un virage à droite en sortie, puis un virage à gauche, serré.

Tout allait bien… pour le moment.

« Numéro 97, à la porte. »

Je n'ai pas bougé. Luc ne souhaitait pas ma présence, c'était évident. Sinon, il se serait retourné avant de quitter le paddock. Je l'ai suivi des yeux pendant qu'il trottait vers la tribune du jury ; il se tenait ferme en selle, très droit.

Trop droit ?

J'avais sans doute tort de m'en faire. Luc avait eu un malaise passager. Il était stressé. Je n'allais pas aggraver les choses en me comportant en mère poule !

Sous mes doigts, le bois de la barrière était tiède de soleil. Je m'y suis cramponnée et j'ai fermé les yeux.

Deux minutes, et je pourrais peut-être recommencer à respirer.

— Bravo à toute l'équipe !

Juliette, la meilleure amie de ma mère, était arrivée pour l'annonce des résultats : en Club 2, Victoire était quatrième, et Luc septième avec Loba, dans le premier quart des participants. Léa, Jessica et Agathe n'étaient pas classées, mais peu leur importait : elles avaient monté « hunter[1] », travaillant les tracés et l'attitude de leurs montures, sans se soucier du chronomètre.

— J'ai apporté un gâteau chocolat-framboise-nougatine. Mangez-le vite, il est en train de fondre ! Et, pour les chevaux, deux kilos de carottes ! Double ration pour Loba…

La jument rouanne a tourné la tête vers sa propriétaire avec un petit hennissement.

---

1. Parcours d'obstacles au cours duquel la présentation et le style sont notés.

— Il faut que je me méfie, a dit Juliette en riant, elle comprend tout ce que je dis ! Félicitations, ma grande…

— Et le cavalier ? On ne le félicite pas ?

Luc avait ôté sa veste et s'était adossé à un arbre. Blottie contre lui, je commençais à me détendre, moi aussi. Je sentais le bras de mon ami autour de mes épaules, la tiédeur de sa peau, les battements réguliers de son cœur ; je m'étais fait un film, voilà tout. La fin de l'année scolaire, la fatigue, l'excitation… Pourquoi chercher plus loin les raisons de son malaise ?

— Qui va monter Loba à Lamotte ? interrogeait Juliette. Toi, Luc ?

— Non, a répondu Hélène. Luc montera Tao, son cheval. C'est Victoire qui va concourir avec Loba.

— J'ai réservé Saigon dès la rentrée ! a lancé Léa.

— Et moi Haiphong, a continué sa sœur. Comme d'habitude. Pourquoi changer une équipe qui gagne ?

— Agathe ?

— Chaoan. Je m'entends bien avec elle.

— Et toi, Alix ?

— Mékong en dressage, Tourane à l'obstacle.

— Deux chevaux ! Pistonnée, va ! a chuchoté Luc à mon oreille.

J'ai protesté :

— Pas du tout ! J'ai travaillé deux fois plus dur que toi ou Jess, je me suis levée le dimanche à cinq heures du matin pour aller participer à des concours de dressage à l'autre bout du département, vu que tous ceux qui avaient lieu à moins de cinquante kilomètres étaient annulés les uns après les autres…

— Moi aussi, je me levais à cinq heures, a grommelé ma mère.

— Et tu étais ravie de le faire, a conclu Juliette. Ne joue pas les victimes !

— Il faut bien que je me plaigne un peu, car sinon personne ne s'en chargera !

— Pauvre mère martyre…

J'ai senti une caresse frôler ma joue. Luc se penchait vers moi.

— Tu es ma pistonnée préférée.

Ses lèvres étaient chaudes, comme le soleil sur ma peau. J'ai fermé les yeux.

Tout va bien, Alix. Tout va bien.

3

Le mercredi suivant, j'étais aux prises avec un problème de maths particulièrement ardu quand mon téléphone portable a sonné.

— Alix ?

Je n'ai pas tout de suite reconnu la voix de Luc.

— J'ai une question à te poser.

Il s'exprimait avec lenteur, comme s'il pesait chaque mot – ou plutôt, comme s'il *s'obligeait* à articuler distinctement chaque syllabe. Un frisson a couru le long de mon dos.

— Luc ? Que se passe-t-il ?

— J'aimerais bien le savoir.

Toujours cette voix maîtrisée, impersonnelle – une voix de répondeur : « La société est fermée pour les congés d'été, veuillez rappeler ultérieurement… »

— Tu es malade ?
— Moi, non. Mais toi, peut-être.
— Je ne comprends pas…
— Ça m'étonnerait. Pourquoi as-tu pris mon appareil photo ? Tu es kleptomane ?
— Ton appareil photo ? Mais je ne…
— Je t'ai dit que je voulais participer au concours organisé par *La Provence*. Tu sais à quel point c'est important pour moi. J'ai repéré un couple de bruants avec leurs oisillons, aux gravières… Je voulais y aller ce soir. C'est la meilleure heure pour prendre des photos. J'en ai déjà des centaines, mais il y a toujours un détail qui cloche… Je *veux* gagner ce concours… Le premier prix, c'est un téléobjectif de professionnel, et… ce n'est vraiment pas le moment…

Son débit s'accélérait ; il respirait fort et vite.

— Luc ! Luc, attends. Laisse-moi parler ! Je n'ai pas pris ton appareil photo ! Tu l'as peut-être rangé ailleurs, et…
— Bien sûr, c'est ma faute. Je m'y attendais.
— Mais je n'ai pas dit que…
— Tu es la dernière personne à être entrée dans ma chambre, hier. À dix-huit heures, il était rangé à sa place. À sa place,

tu entends ? Et à midi, aujourd'hui, il n'y était plus.

J'avais l'impression de rêver – un rêve plutôt horrible.

— On dirait Hercule Poirot, ai-je lancé dans l'espoir de détendre l'atmosphère. Eh bien, tes petites cellules grises se trompent. Je suis innocente.

Je n'étais absolument pas préparée à l'explosion qui a suivi. Deux minutes plus tôt, je terminais un devoir, j'entendais la voix de ma mère qui recevait un propriétaire dans son bureau, Léa longeait Saigon près du cross, j'avais envie d'aller voir un film.

Avec Luc. Le garçon que j'aimais.

C'est drôle – enfin, non, ce n'est pas drôle du tout – la façon dont les mots s'enchaînent. J'avais toujours trouvé que les scènes de dispute, dans les films et les séries, paraissaient artificielles : une remarque anodine, et hop, on se jette des horreurs à la tête et puis on part en claquant la porte. Le tout dure, en général, moins de deux minutes. Débile.

Sauf que là, j'y étais. Prise dans l'engrenage. Chaque phrase était une arme, maniée avec la volonté de blesser.

Et c'était facile. Trop facile.

— *Tu ne penses qu'à toi. À ta musique d'intello, que personne n'écoute plus. Tu te crois très forte ? Tu crois vraiment que tu vas devenir une star ? Des filles comme toi, il y en a plein.*

— *Tu peux parler ! Tu soûles tout le club avec ton concours stupide. Comme s'il n'y avait rien de plus important... Au lieu de m'agresser, tu pourrais ranger tes affaires...*

À la fin, je me suis tue. Essoufflée. Écœurée.

— Je me demande ce qu'on fait ensemble, puisque tu n'as pas confiance en moi...

Les derniers mots que j'avais prononcés vibraient encore dans le silence. Luc a laissé passer quelques secondes, puis il a répondu :

— Je me le demande aussi.

J'étais glacée.

— Alors, ai-je repris d'une voix étranglée, il n'y a qu'à arrêter.

Et j'ai ajouté, parce que j'avais mal :

— Au moins, j'aurai du temps pour travailler.

Un déclic. Il avait raccroché.

J'ai dû rester là une bonne heure, assise devant mes livres et mes classeurs ouverts. J'avais peur de bouger. Si je demeurais parfaitement immobile, la douleur qui me tordait le ventre s'apaiserait peut-être. Je ne pleurais pas. Je respirais à petits coups, comme un nageur fatigué. J'ai posé mes mains bien à plat sur la table : elles étaient moites, et une auréole humide s'est formée autour de mes doigts. J'ai soufflé dessus. J'ai retiré mes mains et frotté le plateau en bois avec un Kleenex.

Et puis la trappe s'est soulevée (ma chambre et la « pièce secrète » où je travaille mon piano ont été aménagées dans le grenier de la maison) et Léa a escaladé les derniers barreaux de l'échelle.

— Alix ? Ça va ? Mais qu'est-ce que tu as ?

Elle a posé son sac à dos sur le plancher et s'est précipitée vers moi.

— Tu es blanche comme ma chemise de concours !

J'ai ouvert les doigts et le mouchoir est tombé, telle une feuille arrachée à sa branche.

— Je viens de rompre avec Luc.

— Tu plaisantes ?

— Non.

Je lui ai tout raconté. C'était un soulagement et une torture : en parler, c'était admettre que je n'avais pas rêvé. Que ce coup de téléphone avait réellement eu lieu.

Léa m'a prise dans ses bras et m'a bercée comme un bébé.

— C'est complètement idiot, a-t-elle déclaré. On ne casse pas à cause d'un appareil photo. Luc est cinglé, en ce moment. Je ne sais pas ce qu'il a... Samedi dernier, après la reprise, il m'a fait un sketch parce que j'avais soi-disant bougé sa malle de pansage... N'importe quoi ! Calme-toi, attends un ou deux jours, laisse-le mariner : il te fera des excuses.

— Je ne peux pas. C'est un horrible malentendu. Il faut que je lui parle maintenant. Il a dû mal comprendre.

J'attrapais déjà mon blouson ; Léa m'a retenue par le bras.

— Ne fais pas ça, Alix. Tu n'as pas à te justifier !

— Je lui ai dit des choses horribles...

— Lui aussi, non ?

— Je m'en moque.

J'ai soulevé la trappe et dégringolé l'échelle. Mon vélo était sous le hangar ; en passant par la colline, je serais chez Luc en moins de dix minutes.

Mais alors que je dégageais mon guidon de l'écheveau de ficelles à foin que Sylvain, le palefrenier, avait accroché là, j'ai entendu un bruit de freins, suivi d'un dérapage et d'un choc métallique. Je me suis retournée : Luc venait de lâcher son vélo au milieu de l'allée et courait vers moi. Effrayée, j'ai esquissé un mouvement de recul. Il s'est immobilisé et m'a regardée avec incrédulité.

— Tu as… peur de moi ? Oh, Alix !

Il était livide, avec deux taches rose vif sur les pommettes.

— Je te demande pardon. Je ne sais pas ce qui m'a pris… J'ai retrouvé l'appareil dans le tiroir sous mon lit. Je ne me souviens pas de l'avoir mis là, mais c'est forcément moi. Quel imbécile je fais !

J'avais envie de me jeter dans ses bras, de tout oublier. Mais j'ai quand même demandé :

— Alors, si tu ne l'avais pas retrouvé, tu ne serais pas venu ?

— Si, bien sûr que si. Je ne sais pas comment j'ai pu te parler… de cette manière-là. J'avais l'impression d'être possédé par un démon qui s'exprimait par ma bouche.

Moi aussi, j'avais eu cette impression.

Il a pris mon visage entre ses mains, avec précaution, comme s'il tenait un oiseau fragile.

— Je t'aime, Alix. Et là, c'est moi qui parle. Pardonne-moi, je t'en prie. Pardonne-moi ! Ça ne se reproduira plus. Plus jamais.

— Plus jamais, ai-je répété en écho.

Et j'y croyais.

4

Enfin, le jour du départ pour Lamotte est arrivé !

La veille, nous avions promené les chevaux, au pas et à cru, dans la garrigue. Nos selles étaient déjà nettoyées, graissées et rangées dans le tonneau du pick-up de Juliette. Ces préparatifs nous étaient familiers : habitués aux randonnées d'une semaine ou plus, nous savions quel matériel emporter. Les tentes et malles d'intendance avaient été sorties du hangar et dépoussiérées, les filets inspectés, les sacs de granulés comptés au plus large. Le plus difficile a été de tout faire tenir dans les 4 × 4, car se rajoutait au matériel indispensable l'équipement « de concours » : deux jeux complets et assortis de guêtres, protège-boulets, tapis et amortisseurs par cheval, ainsi que les produits de soin : shampooing, démêlant pour crins, spray anti-moustiques, argile, graisse à pieds… « Un institut de beauté ambulant », prétendait ma mère. À la dernière minute, Ghys et Noël, les parents de Victoire, ont glissé dans leur coffre les menus objets oubliés : bonnets antimouches, bandes de repos, et même ma trousse de toilette.

— On embarque !

Ma mère a regardé sa montre.

— Neuf heures. Nous n'avons qu'une petite heure de retard sur le programme, donc tout va bien ! Je m'attendais à pire ! a-t-elle ajouté en souriant.

Nous nous sommes répartis dans les véhicules, et la caravane – deux vans tractés par des 4 × 4 et le vieux camion orange du club, conduit par Juliette – s'est ébranlée dans le matin tranquille. Les chevaux se sont calés pour absorber les secousses sur le chemin de terre, puis nous avons gagné l'autoroute et pris notre vitesse de croisière : 90 km/h, une moyenne qui nous promettait dix ou onze heures de route.

Hélène et Victoire, à l'avant, ont entamé une conversation sur les voyages dont nous entendions seulement quelques bribes.

— Alors, ça s'est arrangé avec Luc ? a chuchoté Léa.

— Oui. On s'est expliqués.

— Tant mieux. C'est bien pour vous… et pour le reste de l'équipe aussi ! Histoire de ne pas casser l'ambiance, si tu vois ce que je veux dire.

— Tu crois que Luc fait sa crise d'adolescence ?

Léa a haussé les épaules.

— En tout cas, il n'a pas l'air de se rebeller contre l'autorité.

Tout à coup, un énorme panache de fumée blanche s'est épanoui devant le pare-brise. Ma mère a freiné pour se déporter sur la bande d'arrêt d'urgence. Les deux autres véhicules ont stoppé derrière nous.

— Qu'est-ce qui se passe ? ai-je demandé.

— Rien de réjouissant, je le crains, a marmonné Hélène. Ne sortez pas, il y a trop de trafic sur la voie, c'est dangereux. Je vais mettre un de ces superbes gilets jaunes pour aller examiner le moteur.

Noël et Juliette, affublés de gilets jaune fluo, sont venus la rejoindre.

— C'est peut-être une durite qui a lâché, a suggéré Juliette. Cette voiture sort pourtant du garage ! J'avais demandé une révision complète, et la note était salée !

— Il n'y a plus qu'à attendre que le moteur refroidisse pour vérifier le niveau d'eau, a dit Noël.

Jessica a sorti la tête de la cabine, les joues empourprées.

— On peut sortir ? Je meurs de chaud !

— Allez-y, a soupiré ma mère. Grimpez sur ce talus et ne vous approchez pas de l'autoroute. Je n'ai aucune envie de vous retrouver en plusieurs morceaux !

Avec prudence, nous sommes sortis des voitures pour nous rassembler sur le bas-côté gazonné.

— C'est grave ? a demandé Luc.

— Nous ne le savons pas encore, a répliqué Juliette. Un peu de patience !

— J'étais certain qu'il se passerait quelque chose… J'ai la poisse, en ce moment ! a-t-il maugréé.

— Luc, ne nous joue pas la grande scène de l'angoisse, a lâché Agathe. Dans un quart d'heure, nous serons repartis, et ce soir nous dormirons à Lamotte, comme prévu.

Noël a versé dans le réservoir le liquide de refroidissement en réserve dans le pick-up, puis celui des autres véhicules. Le niveau restant trop bas, Juliette a confisqué toutes les bouteilles d'eau.

— Le réservoir était presque vide, a-t-elle constaté. Tu n'as pas remarqué que le moteur chauffait, Hélène ?

— Non, et je n'ai pas pensé à surveiller les voyants puisque tout avait été contrôlé lors de la révision.

— Il faut essayer de rouler jusqu'à un garage. Nous ne sommes pas loin de Montélimar.

— Je le sentais, a soupiré Luc. Nous n'arriverons jamais à temps pour les épreuves !

— Tais-toi, Luc, a coupé Jessica avec une sécheresse inhabituelle. Hélène est assez soucieuse comme ça, tu ne vas pas en rajouter !

— Ce sont mes chevaux qui sont dans ce van, ai-je dit, agacée par l'attitude de mon ami. Changeons de chauffeur, et les autres pourront continuer sans moi !

— Tu vas nous attendre une semaine au bord de l'autoroute ? a ironisé Agathe.

— On peut trouver un endroit pour abriter deux chevaux en attendant un transporteur... Si vous repartez tout de suite avec Hélène, vous ne raterez pas le championnat !

— Et tu crois sérieusement que nous allons continuer sans toi ! a lancé Léa. Tu nous connais mal ! Un pour tous et tous pour une, comme les mousquetaires !

Par chance, le moteur a redémarré. Nous avons repris la route, roulant à faible allure ; la sortie de l'autoroute était proche et nous avons trouvé un garage à l'entrée de la ville. Il était presque midi. Quelques minutes plus tard, la sentence est tombée : hors de question de poursuivre notre chemin. En surveillant la température du moteur, il paraissait tout juste possible de retourner, à vide, jusqu'au club.

Personne n'osait prononcer le moindre mot. Hélène et Juliette, consternées, se sont éloignées pour passer des coups de fil après nous avoir recommandé de faire boire les chevaux. Luc a sorti un énorme paquet de chips de son sac à dos. Il s'est assis sur une borne et a commencé à grignoter, les yeux dans le vague. Léa, Jess, Agathe, Victoire et moi avons fait le tour du garage avec nos seaux à la recherche d'eau, mais les employés étaient tous partis déjeuner. Une dame habitant la villa voisine, voyant notre embarras, nous a gentiment proposé son tuyau d'arrosage, qu'elle a tiré à travers le grillage de son jardin.

Luc n'avait pas bougé d'un pouce. Il a mangé régulièrement, consciencieusement, le contenu de son paquet de chips.

— Il est charmant, ton petit ami, a lancé Agathe. Aimable, serviable et super galant ! S'il pense qu'il est le seul à stresser pour le championnat, il se trompe !

— C'est vrai, a souligné Jessica. Si chacun se laissait aller à la déprime, nous serions tous en train de pleurer à chaudes larmes ou de nous écharper !

J'allais prendre la défense de Luc quand Juliette et ma mère sont revenues.

— Le patron de mon garage a pu récupérer un pick-up, a annoncé Juliette. Il le met à notre disposition pour la durée du championnat.

— Mais je dois aller le chercher, a précisé Hélène d'un ton morne. Il y en a pour trois ou quatre heures... Il faut donc trouver un endroit tranquille pour dégourdir les jambes des chevaux !

5

L'aimable propriétaire de la villa nous a indiqué un petit centre équestre situé au bord d'un étang, à quelques centaines de mètres du garage. Il était treize heures, le soleil brillait avec moins d'ardeur et d'épais nuages envahissaient le ciel.

Le club semblait désert. Après un quart d'heure de recherches et d'appels, une tête est apparue au premier étage du bâtiment d'habitation. Sans se donner la peine de descendre, l'homme nous a donné l'autorisation d'attacher les chevaux à une corde tendue entre deux arbres et nous a indiqué la grange où le foin était entreposé. Nous étions tous affamés, sauf Luc qui s'était goinfré de chips et se plaignait d'avoir mal au ventre ! Ma mère lui a « suggéré » avec fermeté de nous aider à abreuver et nourrir les chevaux ; à contrecœur, il s'est exécuté. Nous avons déballé le pique-nique et mangé en silence, puis Hélène et Noël sont repartis avec le pick-up.

Alors a commencé l'interminable attente...

Juliette a sorti un carnet et s'est assise sur l'aile du van pour faire des croquis du paysage et de la belle ferme ancienne autour de laquelle les écuries avaient été construites. Ghys a vidé le contenu du 4×4 familial tout neuf pour le ranger à nouveau, mais, cette fois, au cordeau. Luc a entamé un paquet de biscuits qu'il a grignotés en faisant les cent pas au bord de l'étang. Je l'ai observé un moment. Depuis notre dispute, je ne savais pas trop quelle attitude adopter avec lui. Certains jours, il ne me lâchait pas d'une semelle ; à d'autres moments, il feignait de m'ignorer ou s'enfermait dans un silence maussade. Il n'était pas difficile de deviner quelle était son humeur ce jour-là, et j'ai rejoint les autres filles, occupées à dorloter les chevaux. Après trois quarts d'heure de pansage, grattouilles et câlins, nous nous sommes assises en cercle autour de la glacière. Les nuages s'amoncelaient, mobiles, portés par un vent chaud.

— Je dois avouer que je commence à être inquiète, a dit Léa. Nous ne serons pas arrivés avant la nuit...

— J'espère que nous pourrons tout de même entrer, a soufflé Victoire. Je nous imagine mal attendre des heures, avec les chevaux en main, devant les portes du parc équestre !

— On sera en pleine forme pour les épreuves, ai-je ajouté. J'ai remarqué que les résultats d'un concours après une nuit presque blanche étaient plutôt bons...

— Quand nous avons fait la fête la veille, j'ai beaucoup moins le trac, a confirmé Agathe.

— Sauf que, dans le cas présent, nous ne sommes pas réellement à la fête, a signalé Léa.

— Stop ! On se croirait devant le Mur des lamentations, a dit Juliette en se levant. Si vous alliez promener les chevaux au bord de l'étang, cela leur ferait du bien, et à vous aussi !

Un quart d'heure plus tard, les chevaux, après s'être bien ébroués, se reposaient, dans l'eau jusqu'aux jarrets. Léa a sorti son appareil photo et nous avons posé à tour de rôle à côté de nos montures, avec force contorsions et grimaces. Soudain, l'orage qui nous tournait autour depuis midi a éclaté dans un roulement de tonnerre. De grosses gouttes ont martelé la surface de l'étang. Les chevaux ont commencé à piétiner dans l'eau, nous éclaboussant. Nous les avons reconduits sous les arbres.

— Ils n'ont même pas d'abri ! a bougonné Agathe.

— Ils ne risquent pas grand-chose par cette chaleur, a dit Juliette, rassurante.

— Et la foudre ? a crié Victoire.

Luc a levé les yeux au ciel.

— Nous sommes en pleine ville, pas au sommet d'une montagne ! Vous, les filles, vous êtes vraiment en sucre !

— Luc n'est pas très aimable, mais il a raison, nous ne courons aucun danger, non plus que les chevaux, a dit Juliette. Allez, du courage ! Hélène m'a appelée, elle vient juste de repartir du club.

— Seulement ! se sont exclamés Léa et Luc en chœur.

— Il faut voir le bon côté des choses : vous avez le temps de regarder un film. Je sais que Jess en a des dizaines sur son PC… Installez-vous dans la grange !

— J'ai *Pirates des Caraïbes*, si ça vous tente, a proposé Jessica.

— Le quatre, j'espère, a lancé Agathe.

— J'aimerais bien, mais il n'est pas encore sorti ! J'ai le premier, *La Malédiction du Black Pearl*, celui que je préfère. Et Johnny Depp est tellement craquant…

C'était une très bonne idée. Pendant toute la durée du film, nous avons oublié nos tracas (ou, du moins, personne n'en a soufflé mot). Quand le générique de fin a commencé à défiler, Léa a regardé sa montre.

— Hélène et Noël devraient être de retour depuis une demi-heure, au moins !

Juliette, la mine préoccupée, a poussé la porte de la grange.

— Je n'ai pas voulu vous gâcher le plaisir du film, mais Hélène a un petit ennui supplémentaire…

Paniquée, je me suis levée.

— Ils ont eu un accident !

— Non, rassure-toi ! Quand elle a voulu faire le plein de gasoil, Hélène était tellement stressée et fatiguée qu'elle s'est trompée de carburant, elle a mis de l'essence.

— Et c'est grave ? a questionné Agathe.

— Si elle avait continué à rouler, oui, mais elle s'en est aperçue avant de reprendre la route.

— Alors ? s'est enquis Luc, fébrile.

— Alors ils sont en train de vider le réservoir…

— Ils en ont pour combien de temps ?

— Une heure, environ.

— C'est n'importe quoi ! s'est emporté Luc. Il est plus de dix-sept heures ! Nous n'arriverons jamais… Quelqu'un nous a jeté un mauvais sort !

— Toujours prêt à voir le bon côté des choses ! a marmonné Victoire. Juliette, prête-lui ton iPhone, qu'il tape www.exorciste.fr !

— Dix jours avec lui, le rêve, a murmuré Léa.

— Et si nous redonnions du foin aux chevaux ? a suggéré Ghys. Et après, nous pourrions tout ranger : c'est fou ce qu'en si peu de temps vous pouvez éparpiller comme matériel !

Nous nous sommes occupés tant bien que mal, en tendant l'oreille à chaque bruit de moteur. Enfin, vers dix-huit heures, un pick-up bleu marine est venu se ranger à côté des chevaux. Hélène et Noël en sont descendus. Ma mère avait les traits tirés.

— J'espère que vous êtes en forme, a-t-elle lancé à la cantonade, parce que, si je pouvais, j'hibernerais volontiers une quinzaine de jours... Dormir et ne plus penser à rien, c'est tout ce que je demande !

— Tu n'as pas eu de veine, mais ça aurait pu être pire, a dit Juliette. Tu as vite trouvé un véhicule de rechange, et un garage tout proche pour le carburant...

Jessica lui a coupé la parole.

— Pas de veine ? Tu veux dire que tu as beaucoup de chance, Hélène ! L'an dernier, la monitrice de notre cousine Julie a fait un séjour à l'hôpital quinze jours avant son départ pour Lamotte. Ensuite, un de ses chevaux s'est mis à tousser, un autre a fait une hémorragie pulmonaire en plein parcours, un troisième a botté deux personnes avant de daigner embarquer dans le camion du retour, et elle s'est fait voler son sac à main avec tous ses papiers, plus ceux des chevaux, sur une aire de repos de l'autoroute !

Ma mère s'est effondrée sur une botte de foin et a passé les deux mains dans ses cheveux en bataille.

— Merci, Jess. Je savais que je pouvais compter sur toi pour me remonter le moral…

— Qu'est-ce qu'on va faire, maintenant ? ai-je demandé.

— Nous allons manger un morceau et reprendre la route. Pour de bon, cette fois… Enfin… je touche du bois !

Sur l'autoroute, nous avons chanté pour tenir les chauffeurs éveillés. Tout notre répertoire y est passé. Vers deux heures du matin, j'ai sombré au son de la voix de Victoire qui reprenait le refrain d'une chanson de Mika : *This is the way you left me/I'm not pretending/No hope, no love, no glory/No happy ending…*

6

Quand le camion s'est engagé entre les piliers surmontés de têtes de chevaux sculptées qui délimitaient l'entrée principale du parc, plus personne n'était en état de chanter, pas même une berceuse. Léa, recroquevillée sur la banquette arrière, dormait profondément, et j'avais le plus grand mal à garder les yeux ouverts. Nous avons roulé au pas entre les barrières métalliques, jusqu'à une petite guérite occupée par un garçon guère mieux réveillé que nous.

— Ce n'est pas la bonne entrée, a-t-il marmonné en se frottant les yeux. Vous avez réservé des boxes ?

— Oui, sept, a précisé ma mère en lui tendant une feuille de papier pliée.

— Vous devez continuer sur cette route

et vous présenter à l'entrée verte. C'est la première, vous ne pouvez pas vous tromper.

— OK, a grommelé ma mère. Au point où on en est, une erreur de plus…

Elle a fait marche arrière, clignant des yeux comme pour en chasser des grains de sable.

— Tu peux descendre, Alix, et arrêter les voitures, le temps que je manœuvre ?

J'ai ouvert la portière du 4×4 et sauté à terre. La fraîcheur de l'air m'a surprise. Les champs se devinaient à peine sous la brume. Je me suis plantée sur la route, surveillant le virage. Juliette, qui s'était arrêtée en serrant le bas-côté, a baissé sa vitre et m'a lancé :

— Ne me dis pas que nous arrivons trop tard… ou trop tôt !

Elle a bâillé à se décrocher la mâchoire.

— Je n'en peux plus, a-t-elle avoué. Heureusement, Luc m'a fait la conversation ! Je ne sais pas où il puise son énergie…

Luc, assis à côté d'elle, s'est penché et m'a fait signe.

— Ça va, Alix ?

— Euh… je ne sais plus très bien. Repose-moi la question quand j'aurai avalé un petit déjeuner !

Nous avons franchi la bonne entrée et roulé jusqu'aux écuries. Un concert de hennissements a salué notre arrivée.

— Je n'ai jamais vu autant de chevaux, a déclaré Léa en s'étirant.

Sa joue droite, qui avait reposé directement sur la banquette, présentait un curieux motif quadrillé, et ses cheveux blonds, emmêlés, formaient une sorte de nid d'oiseau sur le sommet de son crâne.

— On procède à un échange ? Je partirais bien avec ce grand bai brun, là-bas. Il doit sauter des montagnes ! ai-je plaisanté.

— Chiche ! a répliqué ma mère. Je voudrais bien voir ta tête, si nous abandonnions Mékong ici...

Nous avons débarqué les chevaux. Chaoan est descendue la première, calme et docile, comme toujours. Haiphong et Tourane titubaient un peu ; Mékong s'est mis à piaffer, communiquant son agitation à Tao, qui s'est pointé. Luc se cramponnait à la longe. Léa, elle aussi, avait du mal à contenir Saigon. Quant à Loba, entraînant Victoire, elle a filé droit vers une botte de foin, dont elle a commencé à tirer des brins avec enthousiasme.

— Ventre à pattes ! a grondé Juliette, qui

a dû joindre ses efforts à ceux de Victoire pour détourner la jument de ce régal illicite.

Nous avons fait marcher les chevaux en cercle pour les calmer.

— Ils ont subi un sacré stress depuis hier, a dit Agathe. À leur place, j'aurais fracassé le camion !

— Hélène leur avait peut-être fait une petite piqûre pour qu'ils restent sages, a lancé Jessica. Et à moi aussi : j'ai dormi tout le temps !

Luc a froncé les sourcils.

— Tu dis vraiment n'importe quoi ! Qu'est-ce qui t'a mis ces idées dans la tête ? Hélène ne ferait jamais ça !

Sur les derniers mots, sa voix a dérapé dans les aigus, et il s'est tu. Jessica a imité le bruit d'une Cocotte-Minute lâchant sa vapeur.

— C'est bon, on se calme, on reste zen, on ouvre son esprit à la bienveillance universelle… Luc, je plai-san-tais, OK ? Tu vois ce que je veux dire ou je reprends du début ?

— Désolé, a-t-il lâché en tournant les talons.

Ma mère revenait avec un paquet de fiches et de dépliants.

— C'est bon, on les installe ! Allée M, boxes 29 à 35. Ils ont besoin de se reposer, de boire et de manger. Une petite douche sur les membres, et dodo.

— Les humains aussi auraient bien besoin de tout ça, a soupiré Noël.

— Règle numéro un : les chevaux d'abord ! avons-nous crié en chœur.

Pendant que nous nous occupions des chevaux, les parents de Victoire sont partis repérer le terrain de camping, situé un peu plus loin dans l'enceinte du parc. Juliette a sorti du camion une Thermos de café et une autre de thé, ainsi qu'un sac de pains au chocolat achetés au dernier relais d'autoroute.

— Tu es la meilleure ! s'est exclamée Agathe. Je pourrais dévorer Chaoan, tellement j'ai faim ! Et Tao !

— Trop gros morceau pour toi, a rétorqué Luc en riant.

Son accès d'humeur s'était dissipé aussi vite qu'un orage d'été – bref, violent. Je me suis rapprochée de lui : il m'a tendu une tasse de thé.

— Tu as des yeux de chaton endormi, a-t-il chuchoté. J'ai envie de t'embrasser.

— Ça manque un peu d'intimité, ici…

— Allons explorer le parc. Je suis sûr qu'il y a plein de petits coins romantiques !

— Bien sûr, a commenté Agathe qui avait surpris les derniers mots de notre échange. Étudiés juste pour vous par la FFE[1].

— Moi, je me cale dans le camion et je dors, a annoncé Victoire, la bouche pleine.

— Pareil, a dit Jessica. Mes yeux se ferment tout seuls, c'est très gênant. Je remets l'exploration à plus tard !

D'un même mouvement, Agathe et Léa ont fouillé dans leur sac à dos et sorti leurs livres, deux énormes pavés à la couverture écornée.

— Je ne peux pas lire en voiture, ça me donne mal au cœur, a expliqué Léa. Excusez-moi, mais je suis en manque.

— Et moi, a poursuivi Agathe, j'ai dû m'arrêter en plein suspense… À plus tard, les amoureux !

Le parc commençait à s'animer. Un jeune garçon vêtu du tee-shirt vert pomme de son club, tenant son cheval en longe, s'entraî-

1. Fédération Française d'Équitation.

nait à le faire reculer dans un slalom. Il venait certainement concourir en équifeel[1]. Des vélos se croisaient sur les allées sablées qui bordaient les carrières d'obstacles, déjà prêtes pour les parcours du jour. Des rangées de pavillons d'un blanc éclatant abritaient les étals des selliers, des bijoutiers, des commerces de souvenirs, des marchands de churros et de friandises.

— J'ai encore faim, a déclaré Luc.

— Mais tu as mangé *quatre* pains au chocolat...

Il a haussé les épaules.

— Je peux me le permettre.

C'était vrai : pendant l'hiver, il avait beaucoup minci. À la rentrée, Jessica se moquait de lui, l'appelant « Bouboule ». Il adorait manger, avec une préférence pour les aliments gras-sucrés-salés, ceux que les messages télé nous conseillent d'éviter – juste après une pub pour les hamburgers ou les barres chocolatées... Au début, il avait pris ces taquineries, pas méchantes au fond, avec humour. Et puis un jour, un peu avant Noël,

1. Discipline équestre qui se pratique à pied et qui met en valeur la complicité du cavalier avec son cheval.

je l'avais trouvé, en arrivant chez lui, devant l'armoire à glace de la chambre de ses grands-parents. Il était en tee-shirt et palpait son ventre avec inquiétude.

— C'est vrai que je suis gros, avait-il soupiré, le front plissé.

— Tu n'es pas gros, tu es confortable… Moi, j'aime bien ! avais-je répliqué en le serrant contre moi.

Mais il m'avait repoussée, tout en continuant à fixer son image dans le miroir.

— La vérité, c'est que je suis en train de devenir une grosse chose molle. Mais ça va changer. Je vais me prendre en main. Je me suis pesé ce matin : j'ai dix kilos à perdre. Tu veux parier que dans deux mois je ressemblerai à l'homme de tes rêves ?

Et il avait tenu son pari, filant à la salle de sport dès qu'il avait un trou dans son emploi du temps, se proposant pour curer à fond les parcs et les boxes, charriant de lourdes brouettes et s'imposant de longues séances de mise en souffle sur la piste de galop. Comme je m'inquiétais, au self du lycée, des portions minuscules qu'il s'autorisait, il m'avait rassurée :

— Tu connais ma grand-mère, elle est fan de cuisine bio. Elle m'a fait un programme. Je ne mange pas beaucoup à midi : les plats de la cantine, tu sais... ce n'est pas très diététique ! Je me rattrape le soir. Cuisine à la vapeur, légumes, protéines... En plus, c'est délicieux !

À chaque kilo perdu, il jubilait, comme s'il avait remporté une grande victoire. Je ne me sentais pas très concernée, mais j'étais contente pour lui.

Jusqu'à ces dernières semaines.

Je n'aurais osé l'avouer à personne, mais je préférais le Luc un peu rond, calme et plein d'humour, au garçon musclé dont l'étreinte me meurtrissait l'épaule.

Ce garçon-là, qui passait sans transition de l'enthousiasme à la colère, je ne le connaissais pas.

Et je n'étais pas sûre d'avoir envie de le connaître mieux.

7

Nous avons continué notre visite, passant devant le pavillon principal joliment coiffé d'un clocheton et la terrasse déserte du restaurant, pour emprunter un pont-escalier qui enjambait la rivière et dominait plusieurs carrières. Les premiers cavaliers de la journée avaient entamé leur détente ; d'autres reconnaissaient le parcours avec leur chef d'équipe.

— Extra, la rivière, a commenté Luc. Nous pourrons y faire marcher les chevaux après leurs parcours. Regarde, il y a un gué ! Tao va adorer ça !

— Mékong aussi, ai-je soupiré. Il essaiera probablement de se rouler dans la boue ! Je me demande si ces arbres, là-bas, délimitent le parcours de cross… On va voir ?

Mais Luc ne m'écoutait plus. Le cou

tendu, il fixait un point dans le lointain. J'ai posé une main sur son dos.

— Luc ?

Brusquement, il m'a repoussée et s'est mis à courir, dévalant les marches tout en ôtant son blouson, qu'il a jeté par terre. Ébahie et un peu vexée, je l'ai suivi des yeux. Quelle mouche le piquait encore ?

J'hésitais à le suivre quand un bruit d'éclaboussures a attiré mon attention. Un alezan sellé s'ébrouait dans la rivière. Ses rênes flottaient sur son encolure ; de l'antérieur, il frappait l'eau.

Où était son cavalier ? Le cheval était trempé, selle et tapis compris. S'était-il échappé ?

C'est alors que j'ai vu une main agripper la crinière humide, puis glisser et disparaître à nouveau.

Luc avait presque atteint la berge. Jamais je ne l'aurais cru capable de courir aussi vite ! Sans ralentir, il a sauté dans l'eau, qui lui arrivait à la taille.

— Ne panique pas, j'arrive ! a-t-il crié.

J'étais déjà en bas de l'escalier. Le cheval, effrayé, piaffait, projetant autour de lui des gerbes d'écume. Luc, la main tendue vers lui, essayait de le rassurer :

— Calme… Calme, là… Ne bouge pas, mon beau…

L'alezan s'est immobilisé, les naseaux dilatés, puis il a fait demi-tour. Sa selle avait tourné et pendait sur le côté, alourdie par une masse indistincte et à demi immergée. J'ai compris sans peine ce qui s'était passé : le cheval s'était roulé et son cavalier, le pied coincé dans l'étrier, n'avait pu se dégager à temps. L'un de ses bras battait, mais il n'avait plus la force de se raccrocher à l'étrivière, ni à l'encolure de sa monture.

Luc a attrapé l'extrémité des rênes. Voyant le cheval maîtrisé, je me suis remise à courir et j'ai plongé. L'eau bouillonnante a empli ma bouche d'une saveur âcre. J'ai empoigné un pan de tissu – un tee-shirt ou une veste – et j'ai tiré. Luc criait quelque chose.

— Son pied ! ai-je entendu en émergeant. Dégage son pied !

Tout en soutenant d'un bras le corps inerte, j'ai tâtonné vers l'étrier, mais la boucle de l'éperon s'était coincée dans l'une des branches.

Luc maintenait avec peine l'alezan qui renâclait.

— Enlève-lui sa botte, a-t-il haleté.

J'ai repris pied. Mes chaussures pleines d'eau semblaient peser une tonne.

— Dépêche-toi ! Je n'arrive plus à le tenir !

Par chance, notre « noyé » portait des bottes ajustées qui se fermaient sur le mollet par une glissière. J'ai eu un peu de mal à l'ouvrir, mais ensuite le pied a glissé facilement dans l'enveloppe de cuir. Traînant le jeune cavalier qui suffoquait, j'ai rejoint la berge et je me suis laissée tomber sur l'herbe.

— Ça va ? ai-je demandé, hors d'haleine.

Le « noyé » n'a pas répondu : il toussait et crachait, régurgitant une eau jaunâtre. Me souvenant des notions de secourisme dispensées au club, je l'ai aidé à se tourner sur le côté pour faciliter sa respiration.

— Luc ! Tu sais où se trouve le poste de secours ? ai-je crié.

L'alezan s'était calmé ; s'ébrouant vigoureusement, il sortait lui aussi de l'eau, mené en bride par Luc.

À cet instant, j'ai entendu un cri.

— Clément !

Deux femmes arrivaient en courant le long de la berge. La plus grande s'est agenouillée à côté du jeune cavalier.

— N'essaie pas de parler, Clément. Nous allons appeler un médecin.

— Pas la peine, a hoqueté le rescapé. Ça va. J'ai juste un peu… mal au cœur.

— Il a avalé un bon paquet d'eau, ai-je dit.

— Sans eux, je me serais noyé, a affirmé le garçon.

Luc avait confié l'alezan à la plus jeune des deux monitrices – du moins, à leur tenue, je supposais qu'elles l'étaient, car elles portaient le blouson sans manches, de couleur beige, offert aux enseignants à leur arrivée au parc. Il a tendu son blouson à Clément.

— Enlève ta veste et mets ça, tu seras plus au sec ! Tu n'aurais couru aucun risque si tu avais enlevé tes étriers avant d'entrer dans l'eau. C'est une des premières choses qu'on apprend, en rando !

— Ce n'était pas prévu, a marmonné le garçon. Tamino m'a pris la main…

— Il n'était pas prévu non plus que tu t'entraînes tout seul, a grondé sa monitrice. Pourquoi ne nous as-tu pas attendues ?

— J'étais stressé, j'avais envie d'être tranquille… Et Tamino ? Il n'est pas blessé ?

— Il va très bien, a répondu la jeune femme brune, qui venait de tâter les membres de l'alezan. Fred, tu veux bien prévenir Céline avec ton portable ? C'est la mère d'une de nos cavalières, a-t-elle expliqué en se tournant vers nous. Elle est pédiatre. Au fait, je m'appelle Manuela, a-t-elle ajouté en me tendant la main. Et voici Frédérique, mon associée. Nous dirigeons un centre équestre en Alsace... Je crois que vous avez bel et bien sauvé la vie de ce jeune écervelé ! Venez avec nous jusqu'à notre campement : vous avez mérité qu'on prenne soin de vous... Une boisson chaude et des vêtements secs, pour commencer !

Une demi-heure plus tard, séchés et rhabillés, nous étions installés sous le barnum que les membres du club de Mittelschaeffolguisheim avaient dressé pour prendre leurs repas et nous nous réchauffions les mains à nos chopes de thé brûlant.

— Mittel... comment, déjà ? a interrogé Luc.

— Mittelschaeffolguisheim, a répondu Manuela. Ce n'est pourtant pas difficile à prononcer ! Un peu de miel, Alix ? Vous avez dépensé pas mal d'énergie, ce matin !

— Si ce n'était que ce matin..., ai-je soupiré.

Nous lui avons raconté notre périple : Luc, très en forme, a su transformer nos mésaventures en épisodes cocasses, déclenchant les rires des cavaliers qui s'étaient approchés pour l'écouter.

— Ça suffit, maintenant, leur a lancé Manuela en frappant dans ses mains. Eva, Mathias, Angélique, je vous rappelle que vous avez une épreuve ce matin... Ce n'est pas parce que Clément a fait l'imbécile que tout le monde doit déclarer forfait !

— Clément va devoir déclarer forfait ? s'est enquise une petite fille qui arborait deux nattes bien raides et, par-dessus sa culotte de cheval, des chaussettes à losanges multicolores.

— Non, a répondu Frédérique, qui sortait à quatre pattes d'une des tentes. Il a de la chance, son premier parcours est prévu demain. À la réflexion, je devrais peut-être l'empêcher de prendre le départ, pour l'exemple...

— Oh, non, s'il te plaît ! a supplié la petite blonde.

— ... mais je ferai une exception, car il a eu très peur. Je pense qu'à l'avenir il réfléchira avant de prendre des initiatives stupides.

— Comment va-t-il ? a demandé Manuela.

— Un peu sous le choc. Céline est avec lui. Une bonne sieste devrait le remettre d'aplomb.

En se relevant, elle a fait tomber le jean de Luc, qui séchait sur le dossier d'une chaise pliante. Quand elle l'a ramassé, une petite boîte métallique a glissé de la poche revolver.

— C'est à toi ?

Luc a rougi.

— Oui. J'ai toujours de l'aspirine sur moi, je... j'ai souvent mal à la tête, a-t-il bredouillé.

Première nouvelle ! Luc ne s'était jamais plaint de migraines, du moins en ma présence. Et pourquoi se précipitait-il pour reprendre la petite boîte ?

Frédérique s'est tournée vers moi et m'a dévisagée.

— Tu me fais penser à quelqu'un... Est-ce que tu es originaire du nord de la France ?

— J'y suis née. Mais ma mère a déménagé quand je n'étais encore qu'un bébé. Elle s'est installée en Provence et a créé son club. Le club hippique des Garrigues, ai-je annoncé non sans fierté.

Le visage de la monitrice s'est éclairé.

— C'est bien ça. Cette ressemblance... tu es la fille d'Hélène ! Nous étions en formation ensemble. Elle est ici ?

— Oui, mais je ne sais pas où... Nous avons laissé les autres vers les boxes. C'est gigantesque, ce parc !

— Et tu n'as encore rien vu ! s'est exclamée Manuela en riant. J'espère que vous avez prévu des bicyclettes ? C'est très pratique pour circuler.

— Venez tous dîner avec nous ce soir, a proposé Frédérique. Manuela est une pro du barbecue ! Au menu : spécialités alsaciennes...

— J'en salive déjà ! a dit Luc, qui avait repris son sang-froid.

Sur le chemin du retour, je suis restée silencieuse. Je ne savais pas comment formuler, sans provoquer la colère de Luc, la question qui me brûlait les lèvres.

Qu'y avait-il dans cette petite boîte ?

8

Tout au long de la journée, nous n'avons cessé d'arpenter le parc pour « prendre nos repères », et la tâche n'était pas mince. Le site nous paraissait immense !

— 165 hectares, récitait Léa, le nez dans son programme, dont 31 de sous-bois. 20 km de pistes cavalières. 20 pistes de compétition, 4 200 boxes – je n'y crois pas ! –, 12 500 poneys et chevaux pour deux semaines de championnats, 13 000 cavaliers, 550 000 spectateurs…

Sur chaque piste, une épreuve était en cours : dressage, saut d'obstacles, attelage, cross, on en prenait plein les yeux ! Agathe voulait voir la Club 1 de hunter, Léa penchait pour le TREC[1]. Leur plan en main,

1. Technique de randonnée équestre de compétition.

Victoire et Jessica ont filé vers le cross. Luc et moi avons continué notre promenade, flânant devant les étals des selleries, faisant halte devant la carrière d'honneur pour admirer les reprises libres en musique. Amazones, marquis, mariées, fleurs, papillons, personnages de dessin animé, l'imagination des cavaliers semblait ne pas connaître de limites.

— Je viens de voir le costume d'Agathe, m'a chuchoté Luc. Dans la carrière de détente.

— Jack Sparrow ? Non !

— Si. Et je parie qu'il y en aura d'autres. Tout le monde aime le héros de *Pirates des Caraïbes*... mais ne lui dis pas.

— Promis.

Sur notre gauche, des applaudissements ont crépité. Parcours sans faute ! Un motif musical saluait chaque bonne performance.

— Ah, ah, AH, AH..., ai-je chantonné à l'unisson.

— Tu ne trouves pas que les juges sont sympas, ici ? a remarqué Luc un peu plus tard, alors qu'une cavalière éliminée à cause d'une chute quittait le terrain. Ils ne se contentent pas d'annoncer les numéros...

Un petit mot gentil pour chacun, c'est agréable ! J'ai hâte que mon tour arrive !

Il a consulté son programme.

— Tu viens ? Il y a une épreuve de hunter qui commence dans dix minutes... et à seize heures, je voudrais voir l'attelage. La maniabilité, c'est vraiment spectaculaire ! Mais c'est à l'autre bout du parc, après l'entrée rose.

J'avais l'impression d'être prise dans un tourbillon. Une fois ou deux, j'ai failli questionner Luc : j'aurais bien aimé qu'une explication franche donne un sens à ses accès de fureur, à ses fringales, à ses dégoûts (il avait refusé, à midi, de goûter la salade pourtant délicieuse préparée par Juliette), mais je ne me décidais pas à provoquer cette explication.

J'avais peur.

J'avais peur de Luc. Quand je lui parlais, je choisissais soigneusement mes mots, car à présent il se vexait pour un rien. Du coup, nous n'avions presque plus de vraies discussions. Je me limitais à des sujets anodins, je le félicitais pour un beau parcours ou une photo réussie, et je gardais mes critiques – et mes pensées – pour moi.

Depuis quand ?

Je n'arrivais pas à m'en souvenir.

À Noël ? Non. À Noël, Luc était encore « semblable à lui-même » : nonchalant, rieur, attentif aux autres… Il avait accepté de tenter la qualification pour Lamotte afin de ne pas faire bande à part, mais je voyais bien qu'il avait d'autres priorités.

Et puis, tout avait changé. En quelques semaines…

À huit heures du soir, après avoir donné aux chevaux leur dernière ration de granulés, nous avons pris une douche rapide dans le grand bâtiment des « Commodités ». Le « camp des Garrigues » s'était organisé dans la journée, grâce aux parents de Victoire et d'Agathe, qui avaient monté les tentes en arc de cercle autour du barnum prêté par un ami. Le matériel était rangé, la « cuisine volante » installée, et un petit bouquet de fleurs décorait même la table pliante.

— On se croirait en rando, a déclaré Jessica. Mais une rando trois étoiles !

Un peu plus tôt, j'avais transmis à ma mère l'invitation des monitrices alsaciennes.

— Frédérique, tu dis ? Frédérique comment ? Il y en avait deux, dans ma promotion…

— Elle ne m'a pas dit son nom de famille. Je vais te la décrire, si tu veux.

— Elle est grande et blonde, a enchaîné Luc. Les yeux bleus, les cheveux courts.

Le visage de ma mère s'est éclairé.

— Ah, Fred ! Je préfère, l'autre était très antipathique. Quelle coïncidence…

— … que vous vous trouviez toutes les deux présentes au plus grand rassemblement d'enseignants d'équitation de France ! a conclu Juliette avec une pointe d'ironie. Pour une coïncidence, c'en est une…

— Ça ne te dit rien, le barbecue alsacien ?

— Oh que si ! J'en ai déjà l'eau à la bouche !

La parcelle occupée par le club de Mittelschaeffolguisheim se trouvait à l'autre extrémité du camping, au bout d'une allée sablonneuse. Les parcelles, délimitées par des piquets, étaient presque toutes occupées. Partout, de joyeuses tablées, des parfums de viande grillée, des serviettes de toilette séchant sur des fils, des fragments de mélodie. L'ambiance était animée, mais chacun respectait les règles de bon voisinage.

— Marcher, toujours marcher, a grommelé Léa. Je n'ai fait que ça depuis ce matin !

— On devrait louer des vélos, a suggéré Agathe.

— Bonne idée. Sinon, je ne pourrai même plus donner de jambes pendant mon parcours !

— Ça sent la saucisse aux herbes, a remarqué Jessica en reniflant.

— Divin, a confirmé Juliette. Je crois que nous n'aurons aucune peine à retrouver le camp alsacien !

Après les retrouvailles – embrassades, exclamations, réflexions désabusées sur le-temps-qui-passe et la-vie-qui-nous-sépare – et l'apéritif, nous avons pris place autour de trois grandes tables de jardin. Manuela faisait cuire sur les braises de délicieuses petites saucisses blanches, mais il y avait aussi de la tarte à l'oignon, du rôti de porc froid, une salade de choucroute crue aux pommes et aux graines de cumin, du fromage de Munster... et, pour le dessert, des fruits et des gâteaux crémeux, en forme de coupe, appelés « bonnets de Catherine ». J'ai goûté à tout, et constaté avec soulagement que Luc, cette fois, ne boudait pas son plaisir.

Comme je l'observais du coin de l'œil – il léchait avec application la crème qui poissait ses doigts –, j'ai surpris le regard de Frédérique posé sur lui. Elle le regardait, les sourcils froncés, mais sans animosité : elle semblait plutôt... perplexe, ou soucieuse. Oui, soucieuse.

— Vous avez aussi connu les parents de Luc ? lui ai-je demandé sur le ton de la plaisanterie. À qui ressemble-t-il ?

Elle m'a rendu mon sourire, mais son expression restait grave.

— À un de nos jeunes cavaliers, qui n'est pas là cette année. Ce n'est pas vraiment une ressemblance... plutôt... une manière d'être.

— Et pourquoi n'est-il pas là ?

— Il a eu un... problème. Un problème sérieux. Dis-moi, Alix... vous êtes très proches, Luc et toi ?

J'ai senti que je rougissais.

— Oui, pourquoi ?

— Il n'a pas eu un comportement inhabituel, ces derniers temps ?

Comment avait-elle deviné ? J'ai ouvert la bouche pour tout lui raconter, mais je me suis ravisée. Qu'est-ce qui me prenait ? Cette femme était une parfaite inconnue. Elle ignorait tout de moi, de Luc… Lui faire des confidences, ce serait le trahir. Je le sentais fragile, perturbé : plus que jamais, il avait besoin de moi. De ma loyauté.

— Non, pas du tout, me suis-je hâtée de répondre. Luc est un garçon très équilibré.

— Ah… tant mieux, alors. Désolée si je me suis montrée indiscrète…

Elle s'est penchée vers moi.

— En tout cas, si tu as besoin de quoi que ce soit… un avis, un conseil…

— Merci, ai-je coupé. C'est gentil, mais tout va bien.

— Je le souhaite pour toi. Et pour lui.

J'ai passé une très mauvaise nuit. Sans cesse, je me tournais et me retournais sur l'étroit matelas gonflable, arrachant à ma voisine de tente, Léa, des protestations ensommeillées.

— Tu as des puces dans ton duvet, ou quoi ? Dors ! Demain, je veux être en forme.

Je me suis allongée sur le dos ; j'ai essayé de ne plus bouger et de respirer lentement et profondément, espérant que le sommeil finirait par m'emporter. Mais le ciel a pâli peu à peu, et quand le premier rayon de soleil a caressé la toile de notre tente, j'ai compris que je ne pouvais plus attendre. Luc n'allait pas bien et, au lieu de réagir, je détournais le regard.

Il fallait agir.

Mais comment ?

9

Le lendemain matin, nous avons sorti les chevaux pour une petite séance de travail sur le plat, suivie d'une balade le long de la rivière. La première épreuve de dressage devait débuter à quatorze heures : reprise libre en musique pour Agathe, Léa et moi.

— J'aurais préféré commencer par la reprise club, a déclaré Léa pendant que nous remontions vers les écuries. Le stress du costume, de la musique…

— Dans mon ancien club, il y avait une fille qui nous écrasait toutes de sa supériorité en dressage, a dit Agathe. Les airs qu'elle se donnait… c'était écœurant. Et vous savez quoi ? L'année dernière, pour le championnat, elle a enregistré son CD dans le mauvais format et…

— Tais-toi, tu vas nous porter malheur !

— Léa, tu sais dans quelle carrière nous passons ? ai-je demandé.

— La 2. Je suis allée consulter le panneau d'affichage avant de monter.

— Quelle organisation ! a soufflé Agathe, ironique.

— C'est ça, traite-moi de maniaque ! Il n'empêche que, grâce à moi, nous allons pouvoir longer ladite carrière, laissant ainsi tout le temps à nos chevaux de flairer la barrière et de s'imprégner de l'atmosphère des lieux, ce qui nous évitera peut-être de rentrer en vrac sur le rectangle de dressage… ou d'en sortir un peu trop tôt !

— Elle a réponse à tout, a constaté Agathe.

— Tu n'avais pas encore remarqué ?

En arrivant devant la tribune où siégerait le jury, Mékong a fait un écart. D'une ferme pression des jambes, je l'ai poussé en avant. Il a allongé l'encolure et, les oreilles pointées, s'est approché pas à pas du cube de bois peint en vert.

— Oh, la méchante tribune ! s'est moquée Agathe. Fais attention, Mékong, elle va te manger !

Chaoan, quant à elle, ne manifestait aucune crainte, et Saigon s'était un peu écarté pour brouter.

— Vos chevaux sont des pros ! ai-je protesté. Ils fréquentent les terrains de concours depuis des années ! N'oubliez pas que Mékong est un tout petit, petit cheval…

— … de 700 kg environ, a pouffé Léa. Prends ton temps, montre-lui le monde. On t'attend !

À treize heures, nous étions fin prêtes : Agathe, en Jack Sparrow, ajustait sous la selle de Chaoan un couvre-reins noir orné d'une tête de mort, tandis que Léa épinglait deux œillets rouge et blanc, aux couleurs du club, à la boutonnière de sa redingote. Sous ma longue cape noire, j'étouffais.

— Enlève-la pour la détente, m'a conseillé ma mère. On te la passera juste avant ton entrée en piste. Jess, Victoire, rendez-vous utiles… Prenez la redingote de Léa, je la vois transpirer à grosses gouttes… et aussi ce maudit couvre-reins, sinon Chaoan sera en eau avant le début de la reprise ! Un couvre-reins en *polaire* ! Agathe, le bon sens et toi, ça fait deux !

— Il n'y avait que ça, s'est défendue Agathe.

— Eh bien, il fallait te contenter d'un tapis noir. Parfois, je me demande si vous êtes vraiment des êtres pensants.

J'ai tendu ma cape à Luc, qui m'a envoyé un baiser du bout des doigts.

— Tu es trop maquillée pour que je t'embrasse, créature de la nuit !

Il semblait détendu, presque euphorique, mais je l'avais vu disparaître dans sa tente avant le déjeuner, pour en ressortir quelques minutes plus tard, le visage humide. Des traces d'eau marquaient son tee-shirt bleu, comme s'il avait bu trop vite et s'était éclaboussé.

On ne se réfugie pas dans sa tente pour boire un verre d'eau, Alix. Ouvre les yeux.

Léa et moi, nous avons détendu ensemble nos chevaux. Mékong se fatiguait vite, et il n'était pas inutile de lui laisser reprendre son souffle après la détente, même en dressage. En marchant, j'ai pu regarder Léa, coiffée d'un chapeau haut de forme, qui évoluait sur une musique entraînante d'Offenbach : l'ouverture de *La Vie parisienne*. Elle semblait très décontractée et lançait des clins d'œil facétieux qui faisaient pouffer les spectateurs.

— J'ai fait ce que j'ai pu, a-t-elle déclaré en sortant du rectangle. Au moins, je me serai bien amusée !

Il me restait un quart d'heure avant mon passage. J'ai senti mes battements de cœur s'accélérer et je me suis isolée dans une bulle pour me concentrer sur l'enchaînement de ma reprise. La musique, que je connaissais par cœur, résonnait doucement à mes oreilles. Les rênes posées sur l'encolure, je traçais de l'index les différentes figures de ma reprise libre.

— Alix, ta cape !

Ma mère m'adressait de grands signes. J'avais failli oublier l'élément principal de mon costume : la longue cape noire doublée de rouge qui devait recouvrir la croupe de Mékong. J'avais choisi de me déguiser en vampire, fardé mon visage de blanc et souligné mes yeux d'un trait noir. De fausses canines me donnaient un air sinistre. Juliette a tenu Mékong pendant que ma mère m'aidait à fixer la cape. Des moucherons tourbillonnaient autour de nous et il lui a fallu un temps fou pour passer la petite lanière sous la queue du cheval.

— La concurrente précédente sort du rectangle, a annoncé Jessica. C'est à toi !

Parfois, Mékong se met en mouvement comme s'il devait retirer chacun de ses membres d'un banc de sable mouvant. C'était le cas ce jour-là, et mon entrée au trot a été des plus poussives. J'avais l'impression que mes jambes, au lieu de stimuler ma monture, pendaient, inertes, le long de ses flancs. Arrêt traversé, les hanches à droite : ma note allait s'en ressentir ! Puis venaient les cercles au trot. Mékong s'est enfin réveillé, mais pour résister sur le mors en ouvrant la bouche ! Le cuir de sa muserolle s'était distendu, si bien que, même serrée au maximum, elle restait un peu lâche. Et, bien sûr, j'avais oublié de percer un trou supplémentaire.

« Tu ne vas tout de même pas te laisser aller à compter sur le matériel ! Tu as des mains et des jambes, non ? Bouge-toi, Alix ! » Voilà ce que ma mère aurait dit si elle avait pu, à cet instant, communiquer avec moi.

Mékong « s'enfermait » de plus en plus, rapprochant son nez de son poitrail. Galvanisée, j'ai secoué les doigts pour lui faire lâcher le mors et je l'ai piqué de mes deux éperons. Il a fait pivoter ses oreilles d'un air interrogateur – « Tiens ? Que se passe-t-il ? Y aurait-il quelqu'un là-haut ? » – et j'ai enfin senti son dos monter sous l'effet de l'impulsion. Dans la suite des figures, j'ai eu, par éclairs, l'impression que nos deux corps n'en formaient plus qu'un. Je sentais les transitions fluides et légères et je suivais le mouvement de bascule du galop comme une feuille se balance doucement au rythme de la brise. Pleinement consciente du manque de brillant de ma prestation, je n'en savourais pas moins mon bonheur. C'était pour ces instants-là, ces instants de grâce, que j'aimais l'équitation.

— Bravo, Alix ! C'était super !

Luc a pris la bride de Mékong, dont l'encolure était blanche d'écume.

— Pas mal, a tempéré ma mère. Je ne parle même pas du premier arrêt… mais tu aurais pu faire mieux dans l'allongement au pas, et, pour le contre-changement de main, tu n'es pas tout à fait venue jusqu'en X. Il faut le faire marcher, a-t-elle ajouté. Regarde, il a dû stresser encore plus que toi !

J'ai saisi l'occasion.

— J'ai un peu mal au cœur, ai-je articulé d'une voix faible. Luc, je peux te le laisser ? J'ai besoin de m'allonger cinq minutes.

Déjà, je me laissais glisser à terre.

— Je peux t'accompagner, a proposé Jessica. Ça ira ? Tu es toute pâle.

— Oui... oui. Restez là pour regarder Agathe. Et n'oubliez pas de filmer.

D'un pas que je m'appliquais à ralentir, je me suis éloignée. Deux cavaliers me séparaient d'Agathe. Ce qui me laissait une vingtaine de minutes pour mener mon projet à bien. Ensuite, le « camp » du club des Garrigues serait à nouveau envahi.

Sans regarder derrière moi, je me suis dirigée vers le grand bâtiment abritant les douches et les toilettes publiques, avant d'obliquer sur la gauche. La tente de Luc se trouvait juste derrière celle de Léa et Jessica. J'ai relevé la glissière et me suis glissée à l'intérieur. Le sac à dos de Luc était au fond, derrière son matelas recouvert d'un monceau de vêtements. Je l'ai rapidement fouillé, sans résultat. Les poches de son blouson étaient vides.

Déçue, je me suis assise sur le duvet roulé en boule. J'avais mauvaise conscience. Ce que je faisais était mal. Si, en plus, je repartais bredouille…

En changeant de position, j'ai senti un objet dur sous ma cuisse gauche.

J'ai passé la main sous le duvet. Ce n'était pas la petite boîte métallique que j'avais vue au camp alsacien, mais une autre, plus grande, dont l'étiquette avait été arrachée. Je l'ai ouverte : elle contenait des gélules blanc et bleu, une bonne vingtaine. J'en ai pris deux, que j'ai glissées dans ma poche.

Au même instant, une ombre a masqué le jour qui entrait par l'ouverture de l'alvéole.

Luc !

10

Je courais. Les larmes coulaient sur mon visage, avivant la brûlure de ma joue droite.

Luc m'avait frappée.

Je n'arrivais pas à y croire. Notre histoire ne pouvait pas se terminer comme ça, dans la violence, celle des paroles, celle des actes. Les mots qu'il m'avait hurlés aux oreilles, son geste, la façon dont il m'avait traînée hors de la tente en me tirant par mes vêtements... Non. Je m'étais trompée de lieu, de temps, d'histoire. Je voulais tout effacer, recommencer, oublier.

Sauf que ce n'était pas possible.

Salope hypocrite. Menteuse. Je vais t'éclater la tête.

Hélène. Ma mère. J'aurais voulu me réfugier dans ses bras, mais je n'osais pas la rejoindre. Elle était sans doute en train de donner à Agathe un dernier conseil avant que celle-ci se présente devant le jury. Le parc grouillait de monde. Je ne voulais pas de regards curieux ou apitoyés. Je voulais me cacher, cacher ma honte, ma détresse, ma colère.

Dégage. Je ne veux plus te voir.

Et les conséquences ? Si ma mère apprenait que Luc m'avait giflée, comment réagirait-elle ? Toute l'équipe en pâtirait. Jessica, qualifiée en Club 1 Excellence, passait à dix-sept heures ; elle avait besoin de calme, comme nous tous, pour se préparer à son épreuve.

Où aller ? Je ne savais même plus où je me trouvais. J'avais contourné des camions, emprunté plusieurs allées, évitant tant bien que mal piétons et cyclistes. Il avait plu dans la matinée, des flaques parsemaient le sol ; je ne m'en étais pas souciée et mes bottes étaient maculées de boue. Le bruit de mes pas, rapide, rythmé, me soutenait. J'aurais pu marcher ainsi des heures, m'enfoncer dans la forêt pour m'y perdre.

Tout à coup, deux mains m'ont saisie aux épaules, retenue. Surprise, j'ai tenté de me dégager.

— Lâche-moi, ai-je grondé. Je ne veux pas te parler.

— Alix ? Ça va ?

Ce n'était pas Luc, ni l'une des cavalières du club, mais Frédérique, la monitrice des Alsaciens. Elle me fixait avec incrédulité. J'ai pris conscience du spectacle que je devais offrir : décoiffée, ma joue écarlate sous mon maquillage sali de larmes, ma cape noire déchirée...

— Ça ne va pas, c'est évident, a-t-elle constaté. Tu as fait une chute ?

Incapable de parler, j'ai fait non de la tête. Elle a touché ma joue, puis a regardé autour d'elle.

— Il n'y a personne au camp, a-t-elle dit. Manuela s'occupe de l'épreuve Cadet 2, et j'en profitais pour lire tranquillement dans ma chaise longue... Viens avec moi.

Elle m'a entraînée vers le barnum rayé de rouge, à quelques mètres de là. Je n'avais même pas reconnu l'endroit. Comme je tremblais, elle a dégrafé ma cape, m'a enveloppée dans une couverture, puis m'a tendu une tasse de café noir et très chaud.

— Tu tombes bien, je venais juste de le préparer. Assieds-toi là, je vais te débarbouiller.

J'ai bu le café à petites gorgées pendant qu'elle me tamponnait le visage avec un coton imbibé de lotion hydratante.

— Ton ami, Luc, a-t-elle murmuré, c'est lui qui t'a frappée.

C'était une affirmation. Elle *savait*. Comment ?

Répondant à ma question informulée, elle a poursuivi :

— J'ai observé les mêmes réactions, les mêmes symptômes, chez l'un de nos jeunes cavaliers.

— C'était quand ?

— L'année dernière. Benjamin était un garçon doux, paisible, un peu effacé ; les autres se moquaient de ses kilos en trop...

— Comme Luc, ai-je soufflé.

— Il le supportait plutôt bien. Ou, du moins, j'en avais l'impression. Mais parfois on ne voit que ce que l'on veut bien voir, n'est-ce pas ?

D'une voix étranglée, j'ai approuvé.

— Luc a-t-il perdu beaucoup de poids ? a-t-elle demandé.

— Pas mal. Mais il s'est mis à la gym...

— C'est ce que prétendait Benjamin. Sa mère l'avait emmené consulter un diététicien, mais il sautait des repas, pour s'empiffrer de gâteaux à d'autres moments. Les cavaliers ont commencé à se plaindre de lui : il était devenu agressif. Si on lui empruntait sa cravache sans lui demander la permission, ça faisait toute une histoire… Un jour, il a laissé son casier ouvert, au club. Un tube de médicaments en est tombé. Tu devines ce que c'était ?

— Non. Vous voulez dire… qu'il se droguait ? Que Luc se drogue ?

— En quelque sorte. Benjamin prenait des amphétamines. On en trouve très facilement sur Internet. Les amphétamines ont un effet coupe-faim, ce qui permet à ceux qui en consomment de maigrir vite. Elles procurent aussi un sentiment d'euphorie, de confiance en soi, d'énergie accrue. Sais-tu si Luc… ?

J'ai enfoncé ma main dans ma poche.

— J'ai trouvé ça dans ses affaires. Il est entré dans sa tente pendant que je m'y trouvais et a piqué une colère épouvantable.

Dans le creux de ma paume, les deux petites gélules semblaient inoffensives – peut-être l'étaient-elles ? Je le souhaitais de toutes mes forces.

— Ne culpabilise pas, m'a dit doucement Frédérique. Parfois, pour aider ceux que nous aimons, nous sommes confrontés à des choix difficiles. Tu as fait ce qu'il fallait.

Elle a pris les deux gélules et les a roulées dans un mouchoir en papier.

— Si tu le veux bien, nous allons les montrer à Céline. Elle restera discrète, je te le promets. Je l'appelle ?

La gorge serrée, j'ai fait oui de la tête.

Frédérique s'est éloignée de quelques pas et a sorti son portable. J'aurais voulu me boucher les oreilles pour ne pas entendre, mais il était trop tard. Le problème de Luc était bien réel : garder le silence ne pourrait que l'aggraver. J'avais pourtant l'impression d'avoir déclenché un cataclysme.

Quelques minutes plus tard, Céline a rangé son vélo derrière le van des Alsaciens.

— Je n'ai pas tout compris, a-t-elle dit à Frédérique. Des médicaments non prescrits ? Qui les a pris ? Toi ? a-t-elle ajouté en se tournant vers moi.

— Non, a répondu Frédérique. Un cavalier de son équipe. Regarde.

Elle a déplié le mouchoir. Céline a saisi l'une des gélules entre deux doigts, l'a examinée, puis brisée, et a goûté, du bout de la langue, la poudre qui s'en échappait.

— Amphétamines, a-t-elle déclaré avec une grimace. Je ne connais pas le dosage, mais c'est costaud, on dirait.

— Et… c'est dangereux ? ai-je interrogé.

Céline s'est assise à côté de moi, sur un pliant.

— Très. Au début, on perd du poids vite et facilement, sans sentir la fatigue ni la faim : on a l'impression d'être invincible.

— C'est ce que m'a dit Fred…

— Fred sait de quoi elle parle, malheureusement.

— Benjamin est mon neveu, a murmuré la monitrice. Je m'en veux beaucoup de ne pas l'avoir aidé avant qu'il…

Elle a détourné la tête ; ses yeux étaient humides.

— À ce stade, a continué le médecin, le seul symptôme observable est une certaine agitation, ou une volubilité excessive. Mais l'effet des amphétamines se dissipe rapidement. Si la prise n'est pas renouvelée, on constate une fatigue intense, une nervosité difficile à contrôler, voire de véritables crises de paranoïa. Certains ont des nausées, des douleurs à la poitrine, des étourdissements.

Luc avait porté sa main à sa poitrine, juste avant de tomber de Tao !

— D'autres deviennent hostiles, très agressifs… et même violents.

Elle a soulevé mes cheveux pour examiner le côté de mon visage.

— Je vais te donner un peu de pommade à l'arnica. Tu sais… ton ami n'est plus entièrement responsable de ses actes. Dans son état normal, il ne t'aurait sans doute jamais frappée. Essaie de ne pas lui en vouloir.

Dans ma poitrine, la boule d'angoisse a explosé.

— Je ne lui en veux pas, ai-je bégayé au milieu de mes sanglots, c'est à moi que j'en veux… J'aurais dû comprendre… J'aurais dû l'aider…

— Tu l'aides en ce moment.

— Ça m'était égal, ses kilos en trop. Pourquoi a-t-il pensé que c'était important ? Ce n'est pas le physique qui compte, c'est… ce que les gens sont à l'intérieur.

Frédérique s'est penchée vers moi.

— Nous devons prévenir ta mère. Où est-elle ?

J'ai ravalé mes larmes.

— L'épreuve de dressage doit être terminée depuis longtemps… Oh, non !

— Quoi ?

— Ils sont à la détente. Victoire et Luc. Pour la première manche de la Club 2. Ils ne concourent pas dans la même catégorie d'âge, mais les carrières sont voisines. Et Luc a le numéro 6…

La monitrice s'est redressée.

— Alors, il faut faire vite.

11

Les tentes à toit pointu, les carrières, les vélos, les banderoles aux couleurs des clubs, les chevaux toilettés, l'odeur des gaufres et de l'agneau grillé, je voyais, humais tout cela en accéléré. Céline et Frédérique se faufilaient dans la foule, et je me laissais porter, hébétée, dans leur sillage.

— Là !

Une tache rouge, le blouson de ma mère, avec l'inscription que j'avais fait broder pour elle : *La mouche du coach*. Hélène avait toujours détesté le mot « coach », elle préférait s'en moquer, avec ce titre qui suscitait bien des sourires et des commentaires. Et, grâce à la couleur, on la repérait de loin.

Nous nous sommes approchées. Victoire n'était pas encore entrée dans la carrière de détente : elle faisait marcher Loba le long de l'allée sablée. En nous voyant, elle a écarquillé les yeux de surprise.

— Alix ? Tu es sûre que ça va ?

— Je suis sûre que ça ne va pas, ai-je répondu sèchement. Où est Luc ?

— Là-bas. Le numéro 4 vient d'entrer sur le terrain. Tu es revenue à temps !

— Oui, à temps… Tu peux le dire !

Tao était arrêté dans un coin de la carrière de détente. Ma mère donnait à Luc ses derniers conseils. J'étais trop loin pour saisir ses paroles, mais les mouvements de son corps, ses attitudes, me les traduisaient. Un balancement du dos, d'avant en arrière, voulait dire « Là, n'oublie pas de rééquilibrer ton cheval », l'ouverture des doigts pliés signifiait « Laisse-le venir près de l'obstacle », un geste de la main vers l'avant « Remets un peu de train ». J'ai eu l'impression que mon cœur se fendait. Ma mère allait se sentir coupable, autant que moi, de n'avoir pas prêté attention au comportement étrange de Luc ; elle m'en voudrait peut-être de ne pas l'avoir alertée plus tôt… et Luc me détestait.

Allais-je susciter la rancœur de tous ceux que j'aimais ?

— Reste là, si tu veux, Alix, a chuchoté Frédérique. C'est trop dur pour toi.

— Ce sera pire si je vois ça de loin.

Je les ai suivies. Ma mère n'avait pas encore remarqué leur présence, mais Luc, si. Il n'écoutait plus. Ses yeux se sont posés sur moi ; j'y ai lu la colère et la peur.

— Hélène ? Je peux te parler un instant ?

— Attends, Fred…

Le *jingle* musical signalant un parcours sans faute venait de retentir. Les spectateurs applaudissaient.

— … un de mes cavaliers passe juste après celui qui vient de saluer le jury. Sauf si c'est vital…

— C'est vital !

Le ton de Frédérique ne laissait aucune place au doute. Ma mère a sursauté et s'est rapprochée de nous.

Tao se tenait tout contre la barrière. Gagné par la nervosité de son cavalier, il piaffait et tremblait d'énergie contenue.

— Fais-le marcher, Luc, a jeté Hélène. Va à la porte !

Les lèvres de Luc ont remué ; une pâleur mortelle a envahi son visage. Ses doigts se sont refermés sur les rênes. Tout son corps s'est raidi. Il a fermé les yeux.

— Attention !

D'une bourrade, Céline m'a projetée sur le côté. Juste à temps : éperonné par son cavalier affolé, Tao venait de sauter la barrière de la carrière. Projeté vers l'avant, Luc est tombé lourdement à mes pieds.

— Reculez-vous !

Seuls les antérieurs de Tao avaient franchi l'obstacle. La barre arrondie au niveau de la sangle, il ruait et se débattait. Frédérique a ramassé les rênes qui traînaient et lui a légèrement relevé la tête pour l'aider. D'un puissant coup de reins, le cheval gris s'est dégagé, non sans heurter la barrière.

Aussitôt, Luc, qui s'était relevé, couvert de poussière, a défait la sangle et ôté la selle, qu'il a jetée à terre sans la moindre précaution.

— Luc !

Arrachant les rênes des mains de la monitrice, il s'est mis à courir, droit devant lui.

— Luc ! Attends !

— Je déclare forfait ! a-t-il crié sans se retourner.

— Laisse-moi au moins examiner Tao…

— Inutile !

Pétrifiée, je l'ai regardé disparaître entre les cavaliers qui se pressaient à l'entrée du paddock. J'allais me lancer à sa poursuite quand Frédérique, une fois encore, m'a retenue.

— Non. Ce n'est pas une bonne idée. Laisse-lui du temps, Alix.

— Et si quelqu'un m'expliquait ce qui se passe ? Est-ce trop demander ?

Ma mère semblait partagée entre l'inquiétude et l'exaspération.

— Nous sommes venues pour ça, a répondu Céline.

La nuit tombait. Seule dans l'allée M, je balayais la paille accumulée devant les boxes. À travers les barreaux, Mékong cherchait à attraper ma manche. Je l'ai repoussé d'une tape amicale et je me suis dirigée vers le box de Tao. Le hongre gris, qui savourait une ration de foin exceptionnelle, a henni doucement.

— Ça va, toi ? ai-je chuchoté en ouvrant la porte.

Le vétérinaire du parc avait examiné le cheval de Luc, sans rien noter d'anormal ; il ne boitait pas, ses membres n'étaient ni chauds ni gonflés. Je l'avais longuement douché, et Léa avait appliqué des emplâtres d'argile sur ses membres. Lui, au moins, ne subirait pas les conséquences du drame qui s'était joué cet après-midi-là.

Comme Luc ne s'était pas présenté sur le terrain, il ne pourrait pas participer, le lendemain, à la seconde manche de son épreuve. Un désastre qui paraissait maintenant de peu d'importance. Victoire avait assuré le sans-faute pour son premier parcours, ainsi que Léa et Agathe. Jessica, qui avait fait quatre points sur le directionnel, ce nouvel obstacle comprenant deux passages obligés avant et après les barres, ne perdait pas espoir de se classer malgré tout dans les vingt premiers. Quant à moi, je n'avais pris le départ que sur l'insistance de Juliette.

— La vie ne s'arrête pas, Alix, m'avait-elle dit. Tu t'es préparée toute l'année, alors vas-y et fais de ton mieux.

Seize points. Un vrai jeu de quilles. Tourane avait bien essayé de me sauver la mise, mais il ne pouvait pas tout faire seul, le pauvre ; et j'étais plutôt du genre « passagère clandestine ». Une chance encore d'avoir évité l'erreur de parcours !

Je n'étais même pas déçue. Je pensais à Luc, que Céline avait pris en charge, et que je n'avais pas revu.

— Tiens-toi à l'écart, m'avait conseillé ma mère une fois au courant de la situation. Je parlerai à Luc ce soir ; en attendant, il est bon qu'il écoute ce que Céline et Frédérique ont à lui dire. Ce sera peut-être plus facile pour lui de se confier à elles.

À l'écart… J'y étais. j'avais l'impression de l'être depuis le début. Si seulement j'avais réagi plus tôt. Si seulement j'avais parlé à ma mère, ou à Juliette !

Si seulement…

— Kit antidéprime, livraison express !

Léa et Jessica, les bras chargés, venaient de tourner le coin de l'allée.

— Pizzas, sodas, brownies, rien que du mauvais cholestérol, a énuméré Jessica en posant ses cartons.

— Et de bonnes nouvelles, a ajouté Léa.

Je me suis laissée tomber sur le tas de foin protégé par une bâche.

— De bonnes nouvelles ? Je ne peux pas le croire, ai-je soupiré. Dites vite !

— Tu me connais, a commencé Jessica, je suis curieuse…

— Le mot est faible.

— *Très* curieuse… J'ai donc traîné un peu près du barnum des Alsaciens.

— *Très* près, a corrigé sa sœur.

— Euh… oui. Mais c'était pour la bonne cause.

Reprenant son sérieux, elle a raconté à mi-voix :

— Luc a beaucoup pleuré. Il n'a pas essayé de nier ou de se défendre – d'ailleurs, personne ne l'accusait. Elles sont vraiment sympas, les Alsaciennes. Il a expliqué comment tout avait commencé… En fait, il ne supportait plus nos piques à propos de son poids, et là, je suis la plus coupable de toutes, les filles. Il a commencé un régime, un régime trop strict ; il avait tout le temps faim, alors il craquait pour une crêpe ou un hamburger, et il reprenait les kilos perdus.

Elle m'a tendu une part de pizza.

— Un jour, il a vu une pub sur Internet pour des coupe-faim : garantis d'origine naturelle, contrôlés par des scientifiques, le bla-bla habituel. Mais il avait envie d'y croire. Il a passé la commande avec la carte bleue de son grand-père, qui ne surveille jamais ses comptes. La suite, vous la connaissez.

— Frédérique m'a expliqué que les amphétamines procuraient, au début, une sensation de puissance, ai-je expliqué.

— Oui. Il avait confiance en lui, il se sentait intelligent, drôle et sexy. Le rêve, quoi ! Mais après, il y a la parano, les tremblements impossibles à maîtriser, l'insomnie… Il en est là.

— Il va rester dans le camp alsacien ce soir, a conclu Léa. Céline va lui donner quelque chose pour le faire dormir. Ses grands-parents sont en route, ils viennent le chercher. Luc va avoir besoin d'une vraie désintoxication.

— Tu veux dire… dans un hôpital ?

— Pas forcément, a répondu mon amie. Mais il aura besoin d'aide. D'après Céline, il risque de souffrir du sevrage pendant plusieurs semaines.

J'ai mâché ma bouchée de pizza. Ça ne passait pas.

— Et maman ? ai-je demandé.

— Elle culpabilise presque autant que toi.

Léa a passé son bras autour de mon cou.

— On devrait rentrer au camp, à présent… Je crois qu'elle a besoin de toi.

— Et moi d'elle, ai-je chuchoté. Merci. Vous êtes de vraies amies…

12

Dernier jour à Lamotte. Les feuillages au bord des allées étaient couverts de poussière et de sable. L'activité du grand parc – va-et-vient des cavaliers, rondes des bénévoles et des employés de la voierie, galop des chevaux entre les obstacles aux vives couleurs – semblait ne jamais devoir cesser. Et pourtant, des camions commençaient à quitter l'enceinte, et des emplacements libres apparaissaient dans la mosaïque de tentes et de vans du terrain de camping.

La veille au soir, les Alsaciennes étaient venues dîner au barnum, pour prendre congé. Juliette avait préparé une ratatouille.

— Il faut bien défendre nos spécialités régionales, avait-elle déclaré en riant. Ratatouille contre salade de choux, tapenade contre saucisses fumées !

Frédérique et Manuela repartaient chargées de lauriers : trois cavaliers dans les dix premiers, deux sur le podium, dont une belle médaille d'argent en hunter ! De notre côté, les résultats étaient plus mitigés : si je m'étais classée honorablement en dressage (quatorzième), mon deuxième parcours en Club 1 n'avait guère été meilleur que le premier, et je terminais à la cinquantième place. Agathe et Léa, avec quatre points dans la seconde manche, s'étaient classées respectivement douzième et quinzième, et Jessica vingtième – ce qui n'était pas du tout, malgré ses dénégations, la place qu'elle avait espérée ! Ma mère avait adouci sa déception par des félicitations sur son style de monte.

— Tu sais bien que gagner pour gagner, ce n'est pas le genre de la maison. Je préfère te voir vingtième sur un parcours propre que première en mettant ton cheval en difficulté, Jess… OK ?

— OK, avait marmonné l'intéressée, belle joueuse.

Moi, j'étais triste, triste à pleurer. Je n'avais aucune nouvelle de Luc depuis son départ. Pas un appel, pas un mot. J'avais essayé de le joindre à plusieurs reprises, mais son portable était sur messagerie, et les textos que je lui avais envoyés étaient restés sans réponse.

— Luc est à la fois très soulagé et très en colère, m'avait expliqué Juliette. Une grande part de cette colère est dirigée contre lui-même, mais il ne va pas l'admettre tout de suite. Pour l'instant, tu es liée au fiasco de ce championnat, à l'humiliation qu'il a subie, à toutes les conséquences de son imprudence. Sois patiente. Ne le harcèle pas.

— C'est fini, nous deux, avais-je soufflé. Je le sais. On ne pourra pas recommencer… pas après ça.

— Que te dire ? Je ne sais pas, Alix. Je ne sais vraiment pas.

Son regard exprimait la compassion, comme ceux de Manuela et de Frédérique au moment de prendre congé.

— Nous espérons te recevoir en Alsace, Alix, m'avait dit Manuela.

— Quand tu voudras, avait ajouté Frédérique. Tout de suite, même, si tu as besoin de te changer les idées… Tu grimpes dans le camion, et hop !

J'avais refusé.

— C'est gentil, mais Victoire n'a pas

encore disputé sa seconde manche. C'est pour demain après-midi… et je veux y être.

J'y étais. Le cœur gros, mais tâchant de faire bonne figure. Pour l'équipe. Pour ma mère, qui se faisait déjà bien assez de souci à mon sujet.

À côté de moi, Jessica trépignait. Elle avait passé toute la soirée à abreuver Victoire de conseils, tant et si bien que ma mère avait fini par la faire taire.

— Jess, si tu veux ma place, je te la cède bien volontiers et je pars en vacances ! Tu t'occuperas de l'achat des sacs de copeaux, du démontage du camp, de l'embarquement des chevaux… Ah oui, tu conduiras le 4 × 4, aussi. Victoire n'a pas besoin de *deux* coachs…

— Un gage, avait commenté Juliette. Tu as prononcé le mot interdit.

Jessica, mouchée, s'était tenue coite. Elle avait même évité d'assister à la détente de Victoire, m'entraînant vers les gradins pour commenter les parcours des autres concurrents. Léa et Agathe étaient arrivées quelques minutes plus tard et s'étaient accoudées à la barrière sans interrompre leur conversation, qui traitait des mérites respectifs de la poésie japonaise et des romantiques allemands. Ces deux-là étaient vraiment faites pour s'entendre. Avec un pincement au cœur, j'ai réalisé que ma meilleure amie s'était un peu éloignée de moi. Est-ce toujours ainsi quand on est amoureuse ? J'avais Luc, je ne m'étais aperçue de rien. Jusqu'à maintenant. La donne avait changé : Léa avait trouvé en Agathe une complice, et moi, j'étais seule.

« Jessica a dû ressentir la même chose, ai-je pensé. Avant, j'étais toujours là, entre sa sœur et elle. Et Léa, entre elle et moi. »

Impulsivement, j'ai serré Jessica contre moi.

— Arrête ! Tu trembles comme une feuille ! Je ne t'ai jamais vue stresser comme ça !

Elle a essayé de sourire.

— Je préférerais faire dix parcours... Elle va être tellement déçue, si elle ne réussit pas ! Moi, tu comprends, j'ai de l'expérience, mais elle...

J'ai ri de bon cœur.

— Ah oui, j'oubliais ! La longue expérience de Jessica ! Ne t'en fais pas, mère poule, tout ira très bien. Et même si elle fait une barre, ce n'est pas grave. Tu sais ce qu'Hélène doit être en train de lui dire, à cette minute ?

— « Je préfère te voir 20e sur un parcours propre que 1re en mettant ton cheval en difficulté », a récité mon amie.

— C'est ça. Respire !

Mais quand Victoire, dernière cavalière de l'épreuve, est entrée sur le terrain, j'ai retenu mon souffle, moi aussi.

« Numéro 80, Victoire Bertil et Loba pour le club hippique des Garrigues... venues de la région Provence-Alpes-Côte-d'Azur ! a annoncé le président du jury. Je vous rappelle que la remise des prix aura lieu juste après la clôture de l'épreuve. Pour l'instant, c'est Coralie Clémont, du haras des Cèdres, qui mène avec un double sans-faute et un temps de 21' 23". Victoire va-t-elle bouleverser le classement ? Nous le saurons bientôt... »

— Allez, Victoire ! ont crié Agathe et Léa, tandis que Jessica s'étranglait d'émotion.

Victoire n'a pas tourné la tête de notre côté : elle fixait déjà le premier obstacle, un oxer décoré de cartes à jouer. Elle a demandé un départ au galop. Loba est partie sur le mauvais pied, et elle a dû la repasser au trot sur deux foulées pour replacer ses aides.

— C'est bien, ai-je chuchoté à Jessica. Elle ne perd pas son sang-froid.

La cloche a sonné. Loba est partie comme une flèche, survolant l'oxer, puis décochant une petite ruade de gaieté.

— Trop vite, a gémi Jessica.

Mais Victoire, d'un demi-arrêt très ferme, avait déjà repris le contrôle. Le numéro 2, un vertical, se trouvait à l'extrémité de la piste ; il fallait ensuite tourner serré pour aborder le 3, des barres de Spa aux couleurs vives. À la réception du vertical, j'ai vu la cavalière se redresser. La jument, réceptive, a ralenti dans le virage, puis repris du train.

Le Spa. Un autre oxer. Le premier double, à deux foulées.

— Elle se jette ! Je lui avais pourtant dit…

Jessica, fébrile, mordait un de ses ongles. J'ai souri, amusée. S'il y avait une chose que Victoire avait copiée sur Jessica, c'était bien ce style « Grand Prix », la tête contre l'encolure du cheval, que ma mère détestait.

— On dirait un crapaud sur une boîte d'allumettes. Tu ne sautes pas 1,80 m !

Regarde loin ! s'égosillait-elle à longueur d'entraînement.

Le bidet. Loba a hésité une fraction de seconde, puis sauté. Encore une ligne d'obstacles, et le chronomètre se déclencherait[1]. Jessica a posé son front contre la barrière. Je ne l'avais jamais vue aussi nerveuse !

— Regarde, ai-je dit en la prenant par le bras. Ne rate pas ça ! Elle s'en tire comme une championne !

La ligne était passée, en trois sauts fluides. Victoire s'est légèrement penchée en avant. Loba a accéléré.

Les dents de Jessica s'entrechoquaient. Léa a résumé l'émotion générale en lâchant :

— Bon, c'est quitte ou double, maintenant ! Loba n'est pas très rapide, mais elle tourne bien : Victoire va tenter toutes les options, vous allez voir.

— Elle ferait mieux d'assurer le sans-faute, a murmuré Agathe. Elle est sûre de rester dans les dix premiers…

Mais Victoire ne jouait pas la sécurité : elle voulait gagner.

---

1. Les épreuves au barème A à temps différé sont jugées au chronomètre après les obstacles numéro 8 ou 9.

Un « Ah ! » s'est élevé des gradins quand, pour aborder le numéro 10, un double, elle a pris l'option la plus risquée, passant entre le 3 et le 5, à quelques foulées seulement de la combinaison.

— Vas-y ! a-t-elle crié d'une voix suraiguë.

La barre supérieure du deuxième élément, heurtée par un antérieur, a tremblé dans ses taquets, mais elle n'est pas tombée. Je percevais l'oppression et l'attente du public conquis : elle leur donnait du suspense, ils étaient tous derrière elle.

Vas-y !

Le 11, des palanques, un obstacle étroit sur lequel de nombreux concurrents avaient commis une faute. Passé. Victoire galopait à présent vers le dernier obstacle, un oxer assez haut – et vers la ligne d'arrivée.

Lorsque le « Ah Ah AH AH » signalant le parcours sans faute a retenti, les applaudissements ont crépité.

Puis la voix du président du jury a retenti :

« Eh bien… un très joli parcours sans faute pour Victoire, que vous avez bien raison d'applaudir… »

Un silence.

— Il fait durer le plaisir, a râlé Jessica.

« … car, avec un chronomètre de 21' 19", et pour quatre petits centièmes de seconde, notre jeune amie aux nattes brunes va recevoir la médaille d'or dont elle rêve… Victoire Bertil est championne de France ! »

Embrassades. Cris d'exultation. *Marseillaise*. Victoire riant, pleurant, embrassant sa mère et son père, aussi émus qu'elle-même. Victoire, intimidée, montant les marches du podium, avec sa monitrice. Et brandissant sa médaille.

J'étais dans la foule des spectateurs, j'applaudissais avec les autres. Et j'étais heureuse pour Victoire, pour ses parents, pour ma mère. Vraiment.

Mais l'écran de mon portable restait noir.

Léa m'a surprise alors que je l'avais sorti de ma poche pour l'inspecter furtivement.

— Ça va s'arranger, Alix, a-t-elle dit à voix basse. Ne désespère pas. On est là, avec toi.

J'ai passé mon bras autour de sa taille. Je m'étais trompée : ma meilleure amie était toujours ma meilleure amie. Elle avait le cœur assez grand pour nous y accueillir toutes les deux, Agathe et moi. Comment avais-je pu en douter, même un instant ?

À pas lents, nous sommes revenues vers les écuries. Il fallait s'occuper des chevaux – la priorité, toujours. On ferait la fête après. Et j'essaierais de ne pas assombrir la joie générale. Je savourerais sans trop me poser de questions ce que la vie m'offrait, aujourd'hui, en ce lieu.

Même si j'avais peur de ce qu'elle me réservait dans l'avenir.

Découvre vite un extrait du tome 22 de

En Selle!

Jeu de rôles

— Je trouve l'idée de Léa excellente, a dit Juliette.

Elle s'est installée, jambes croisées, à l'ombre d'un olivier, et a fait signe à Hélène de la rejoindre.

— Ne reste pas au soleil, ton cerveau va bouillir. Tu as déjà bien trop réfléchi ces derniers temps !

Hélène s'est allongée dans l'herbe et a fermé les yeux. J'ai remarqué que ses traits étaient tirés ; une ride soucieuse se creusait entre ses sourcils et ses paupières étaient soulignées d'un cerne bistre. Évidemment, elle s'inquiétait. Elle avait créé le club des Garrigues à la force du poignet, avec l'aide de quelques amis, et presque sans capitaux ; à présent, le fruit de dix ans d'efforts se trouvait menacé.

— Oui, c'est une bonne idée, a-t-elle repris au bout de quelques minutes. Irréalisable, malheureusement.

— Pourquoi ? s'est étonnée Alix.

— Le matériel coûte très cher. Pour me lancer avec quelque chance de succès, il me faudrait au moins trois autres selles, sans compter les accessoires. Un investissement que je ne peux pas me permettre en ce moment…

— Combien coûte une selle d'amazone ? ai-je interrogé.

— Mille cinq cents. C'est le prix de base pour un équipement de bonne qualité. Ce qui fait un total de quatre mille cinq cents euros, et je n'ai pas cette somme en caisse. Je suis à sec ! Cette année, il a fallu refaire la lisse de la carrière, l'assainissement, plusieurs boxes, les obstacles du cross… Je comptais sur une bonne saison pour me renflouer, mais c'est mal parti !

Juliette a posé une main apaisante sur son bras.

— La crise frappe un peu partout. Au labo aussi, on commence à parler de restructuration. Je ne sais pas si j'aurai encore un job à Noël ! Mais revenons à nos moutons, si j'ose dire. Tu peux prendre un emprunt bancaire, que tu rembourseras en deux ou trois ans.

— Tu rêves ! a jeté Hélène avec une violence surprenante. Les banques se font tirer l'oreille pour le moindre prêt, par les temps qui courent. Et si je fais faillite ? Qui remboursera ?

— Ton terrain a de la valeur…

— Je ne *veux* pas vendre. C'est le patrimoine d'Alix ! Si je dois ne lui laisser que des dettes…

Sa voix tremblait. Alix a éclaté d'un rire forcé.

— Arrête, maman ! D'abord, tu n'es pas encore morte ! Et puis, je saurai me débrouiller !

Hélène a insisté, les larmes aux yeux.

— Mais si tu veux un jour reprendre le club…

— Maman…

Alix a pris les mains de sa mère entre les siennes.

[…]

En Selle !

1. Le poulain des garrigues
2. Forcer sa chance
3. Le cavalier de la nuit
4. Tempête sur le club
5. Jessica à la rescousse
6. Tao en danger
7. Balade en Camargue
8. Alerte au feu !
9. Erreur de parcours
10. Le silence de Jasmine
11. Arlequin l'indomptable
12. Tous en scène !
13. Il faut sauver Monte-Cristo !
14. Volte-face
15. Le secret du berger
16. L'ennemi sans visage
17. Sur les traces du loup bleu
18. Mystère au Cadre Noir
19. Des chevaux dans la neige
20. Rêves de gloire
21. La Vallée de l'espoir
22. Jeu de rôles
23. Rendez-vous à Lamotte !

Cet ouvrage a été composé par
PCA - 44400 REZE

Impression réalisée par

BRODARD & TAUPIN

La Flèche (Sarthe), le 21-12-2010
N° d'impression : 60504

Dépôt légal : janvier 2011

Imprimé en France

POCKET jeunesse

12, avenue d'Italie

75627 PARIS Cedex 13